Hermann Simon
Dem Leben entlang

Hermann Simon

Dem Leben entlang

Erzählungen

Die Bibliografische Information der Deutschen
Nationalbibliothek

Die Deutsche Nationalbibliothek verzeichnet diese
Publikation in der Deutschen Nationalbibliografie;
detaillierte bibliografische Daten sind im Internet über
www.d-nb.de abrufbar.

Einbandabbildung: © Hermann Simon
Verlag: BoD · Books on Demand GmbH, Überseering 33,
22297 Hamburg, bod@bod.de
Druck: Libri Plureos GmbH, Friedensallee 273,
22763 Hamburg
© 2025 Hermann Simon
ISBN: 978-3-8192-6593-8

Für Waltraut
Gefährtin meiner späten Jahre

Inhalt

Empfehlung

Um nach Hause zu gelangen,
öffnen wir nicht Türen,
sondern Buchdeckel.
Und bereiten einen Freiraum in uns,
wo Heimat sein kann.

Aus Lettland

Die Sache mit dem ersten Satz

Die meisten Schreiber vermeiden es, im Gespräch mit dem Leser über Textgestalt und Aufmerken erzeugende Situationen nachzudenken; wie kommt ein Leser leicht und interessiert in die Lektüre hinein und wird zum Weiterlesen angestachelt.

Der professionelle Vielleser Reich-Ranicki zitiert die ersten Zeilen des Romans „Die Blechtrommel" von Günter Grass: „Zugegeben: Ich bin Insasse einer Heil- und Pflegeanstalt, mein Pfleger beobachtet mich, lässt mich kaum aus dem Auge." Und er bekennt, dass diese Einleitung ihn vom Beginn an ins Zentrum des Romangeschehens gezogen habe.

Ein Autor macht jene Romanbetrachtung zur Einleitung in den Roman „Lewins Mühle". Johannes Bobrowski beginnt so: „Es ist vielleicht falsch, wenn ich jetzt erzähle, wie mein Großvater die Mühle weggeschwemmt hat, aber vielleicht ist es auch nicht falsch. Auch wenn es auf die Familie zurückfällt." Und so fort bis zu dem Gipfel eines schriftstellerischen Skrupels, dass der Leser schon in den ersten Sätzen Verdacht schöpfen könnte, hinter welches Licht der Autor ihn zu führen sich anschicke. Doch an der Binsenwahrheit kommt auch Bobrowski nicht vorbei: einfach mit der Erzählung beginnen, sonst komme man zu nichts.

Bei einem Roman benötige ich 50 Seiten, bis die Entscheidung herangereift ist, die Lektüre zu beenden oder weiterzulesen. Dagegen schlägt mich eine Kurzgeschichte mit ihrem ersten Satz in ihren Bann. Ein Trompetenstoß wie dieser: „mit einem Erdbeben beginnen, um sich dann langsam zu steigern" schießt wohl über jedes Ziel hinaus.

Über derartige Bedenken, wie eine Erzählung zu beginnen wäre, bin ich eingeschlafen. Mein Traum-Ich ließ keine Ruhe aufkommen, nahm den Faden auf und sah mich in der Rolle eines Lehrers, der eine Gruppe von Schreibschülern durch eine Aufgabe verlocken sollte, schlummernde Begabungen zum eigenständigen Schreiben hervorzukitzeln.

Immer noch träumend, suchte ich im Fundus der im Gedächtnis präsenten Literatur nach ersten Sätzen, die einen Leseimpuls vermitteln, also auch eine Erzählung in Gang bringen könnten, die auf dem Papier sich entfalten sollte.

Es tauchten drei erste Sätze auf, die ich nach dem Erwachen in den realen Büchern wiederfand und abschrieb:

1. „Lydia Sinclair war knapp siebzehn, als sie auf dem Besitz ihres Mannes in den Anden ankam" (und dort ihr Irgendwo fand, wo sie hingehörte).
2. „Als ich elf war, habe ich mein (Spar-)Schwein geschlachtet und bin zu den Dirnen gegangen."
3. „Ich bin jemand, den es immer wieder zu den Orten hinzieht, wo er früher gewohnt hat, zu den Häusern und ihrer Umgebung."

Mein Traum-Ich erhob jene ersten Sätze zu Titeln noch schlummernder Geschichten und forderte meine Schreibschüler auf, zu einem Titel eine Erzählung zu schreiben, sei es aus der Erfahrung, sei es aus der Fantasie.

Alle schrieben. Als der letzte Stift auf der Tischplatte abgelegt war, stellte ich die kitzlige Frage: Wer möchte vorlesen? Ich blickte in die Runde der gesenkten Köpfe. Hat wohl wenig Anklang gefunden, sagte mein Traum-Ich.

Aber doch! Es schaute mich eine Schreiberin Kik an, schon ein wenig spitzbübisch. Dann bitte, lesen Sie, wir sind gespannt!

Ich bin Mutter eines Sohnes, der zwar lange schon die 11 Jahre überschritten hat; doch kann ich mir gut vorstellen, wie er sich mit 11 Jahren in jener Situation verhalten hätte, also lasse ich meine Fantasie mal von der Kette und lese:

Als mein Sohn Hannes 11 Jahre alt war, hat er sein Sparschwein geschlachtet und ist zu den Dirnen gegangen.

Aufregung kam im Dirnenhaus auf, als mein schmächtiger, kindlich wirkender Hannes den Empfangssalon betrat.

„Na, Kleiner, hast dich wohl verlaufen. Suchst du deine Mama? Oder weißt du bereits, wie man mit einem Mädchen spielt?"

„Will kein Mädchen, ich will eine Frau!"

„Schau dir den an! Weißt du denn schon mit einer Frau was anzufangen?"

„Als ob ich dir das erklären müsste."

„Na dann! Ich führe dich zu einer sehr netten Dame, die auf deine Wünsche lieb eingehen wird. Sie ist etwas füllig, könnte wie deine Mutter sein."

„Eine richtige Mutter?"

„Was verstehst du unter einer richtigen Mutter?"

„In einem dänischen Kinderbuch habe ich gelesen: Bei einer richtigen Mutter kann man sich unterstellen, wenn's regnet."

„So was! Dann wirst du kaum enttäuscht werden bei uns."

„Guten Tag, Madame, ich habe dir etwas mitgebracht."

„Guten Tag! Du darfst mich Ines nennen."

Hannes knotete sein Taschentuch auf und schüttelte den Inhalt auf den Tisch, Münzen und ein paar Scheine.

„Oh, wie ich sehe, hast du fleißig gespart. Wenn wir ins Geschäft kommen sollen, musst du mir deine Wünsche nennen."

Hannes schwieg eine Weile. Er suchte nach einer passenden Antwort.

„Weißt du, heute ist wieder so ein grässlich heißer Tag. Mich gelüstet es nach einem Eis bei Signor Salvatore. Was meinst du dazu?"

„Oh ja, den kenne ich gut, wir dürfen ihn Onkel Salvatore nennen. Aber zuvor möchte ich dir ein Geschenk kaufen, Ines."

Ines machte sich ein wenig frisch. Dann ging das ungleiche Paar durch die Fußgängerzone und steuerte auf ein Schuhgeschäft los.

„Guten Tag! Ich möchte für meine Freundin ein Paar Schuhe kaufen. Rote bitte! Es kommen nur rote in Frage, mit hohem Absatz."

„In welcher Größe darf ich welche vorlegen?"

„37 oder besser 38. Die werden besser passen. Denn bei dieser Hitze schwellen meine Füße leicht an."

„Dieses schlicht gehaltene Paar in Kirschrot dürfte Ihrem Gusto entsprechen."

„Nicht nur meinem. Meinem kleinen Freund müssen sie ebenfalls gefallen!"

„Bin einverstanden! Die nehme ich."

Hannes folgte der Verkäuferin zur Kasse.

„Die Schuhe ziehe ich sofort an. Meine Sandalen dürfen Sie mir bitte einpacken."

Sie verließen das Schuhgeschäft. In beider Köpfe nahm der Eissalon von Signor Salvatore Kontur an.

„Du darfst mich bei der Hand führen, Hannes. Die neuen Schuhe wollen eingelaufen sein."

„Ah, mein kleiner Freund besucht mich heute endlich mal wieder! Stellst du mir deine hübsche Mama vor?"

„Nicht doch, Signor Salvatore! Das ist meine Freundin, genau seit heute um 10 Uhr 45."

Hannes gab immer dann eine exakte Antwort, wenn er erwachsen wirken wollte.

„Heute haben wir wieder alle Sorten vorrätig, Hannes, du darfst wählen, und den Geschmack deiner Mama kennst du ja."

„Haben Sie was an den Ohren, Signor?"

„Entschuldige bitte, ist doch deine Freundin! Daran werde ich mich rasch gewöhnen können."

Die beiden schwiegen und genossen den Wohlgeschmack von Eis, wie Signor Salvatore empfohlen hatte.

„Ich habe noch eine Arbeit im Haus zu erledigen. Also dann. Besuch mich öfter. Sooft du kommst, lade ich dich in den Eissalon von Signor

Salvatore ein."

„Zieh aber die roten Schuhe an, wenn du mit mir ausgehst."

„Immer nur für dich, mein kleiner Freund!"

„Versprochen?"

„Versprochen!"

*

Als ich erwachte, meldete sich ein Versehen zu Wort. Ich hatte versäumt, meinen Schülern die Buchangaben mitzuteilen, damit ihnen die Quellen nicht vorbehalten sein sollten, aus denen jene ersten Sätze entnommen sind. Das will ich tagesbewusst nachholen:

Lisa St Aubin de Terán: „Hüter des Hauses". 1996.
Eric-Emmanuel Schmitt: „Monsieur Ibrahim und die Blumen des Koran". 2001.
Truman Capote: „Frühstück bei Tiffany". 2016 (Original 1958)

Der Traum schmeichelte mir: gut geträumt, alter Junge, es ging doch!

Das Tagesbewusstsein driftet mit mir voraus, wenn ich in der Schreibgruppe meinen Text lesen werde. Eine weibliche Spürnase wird dich stellen und mit ihrer Frage löchern: Sag mal, wer kümmert sich dann um die Bedeutung des letzten Satzes zum Abschluss eines Romans oder einer kurzen Erzählung?

Im Schnelldurchlauf begann ich meinen Speicher durchzukämmen. Schon bald meldete er mir zwei Treffer:

Der Roman „Meine sibirische Flickendecke" von Tatjana Kuschtewskaja – die Kenntnis dieses Namens taugt kaum dazu, das Literaturwissen eines Gebildeten aufzuglänzen –, dem ein Epilog angeheftet ist, der zu der Frage veranlasst, ob die Autorin im Nachhinein eine Verstehenshilfe anböte. Weniger das, als sie für sich ihre Schreibweise reflektiert. Wenn sie den letzten Satz klar vor Augen habe, könne sie die thematisierten Begebenheiten darauf ausführen, das Erzählen laufe ihr unter dem Sog des Endsatzes leicht aus der Feder. Im Grunde wendet sie sich wie zur Verabschiedung an den Leser, indem sie ihm Teilhabe an der Mentalität des Baikalsees wünscht, von paradiesischer Natur verzaubert an einem guten Ort in Harmonie mit sich selbst.

Ganz und gar nicht zartfühlend mit der eigenen Schreibweise beendet der Isländer Jón Kalman Stefánsson eine Kurzgeschichte mit dem Titel „Was sich verändert". Es geht um die Veränderung einer Toilette, genannt Plumpsklo, in eine Toilette mit Wasserspülung. Der Leser gewinnt leicht die Vorstellung, dass die Neuerung in Gestalt der lärmenden Druckspülung Unfrieden ins Haus bringt. Die Lockerung des althergebrachten Gespensterglaubens entzweit die Generationen. Die Kinder schließen nicht die Toilettentür, aus Furcht vor den sonst menschenfreundlichen Gespenstern, die den Unruhestiftern sich böswillig verändern. Der alte Großvater verdammt die Neumodigkeit und zieht den Dunghaufen hinter dem Schafstall vor, wie man es seit der Besiedlung Islands getan hat. Und unbehindert von Wetter und Wind in Kälte und Nässe.

Die Schwiegertochter hat die schwankenden Schritte des Greises zu stützen. Und so geschah es auch in einer Schneesturmnacht im tiefen Winter. Als sich der Alte aus der Hocke vom Dunghaufen erhebt, schreit er ein Triumphgebrüll, aus dem seine Begleiterin heraushört: „Zum Teufel noch mal, in meinem ganzen Leben habe ich nicht so prächtig geschissen!"

Das vulgäre Wort, das der Autor seinen Lesern nicht erspart, ist nur im letzten Satz der Begebenheit, steht wie ein Pfahl eingerammt zur Abwehr jeglicher Veränderung, die fortschrittlich oder modern daherkommt, steht fest als letztes Wort.

Unvorstellbar etwa? Nachzulesen ist der Satz von Jón Kalman Stefánsson in „Wortlaut Island", 2000, S. 260.

Die in deutscher Sprache veröffentlichten Romane, gewebt aus der tief empfundenen Neigung

19

der Isländer, „Etwas von der Größe des Universums" (ein Romantitel) in sich zu tragen. Die Wortungsversuche spüren dem Unbegreiflichen nach, was Naturgewalten und die Sehnsüchte der Grenzüberschreitung in den Menschen wach hält. Folglich sind erste und letzte Sätze für einen isländischen Roman oder eine Erzählung ohne Bedeutung. Lediglich die Schriftform gebietet Textanfang und Textende, quasi wie das Leben nur als Ausschnitt eines großen Geschehens zu verstehen ist.

Wie ich zum
Briefschreiber wurde

Der Anfang ist mir abgetrotzt worden. Nur widerwillig nahm ich den Bleistift in die Hand und schrieb: Ich lade Dich zu meinem Geburtstag ein.

Sieben Kleinbögen lagen vor mir, die mit der Einladung beschrieben werden sollten. Mutter war in dieser Sache unnachgiebig geblieben, nachdem ich schon einige Male Einladungen erhalten hatte, handgeschriebene und handgemalte. Die Druckbuchstaben torkelten in bunten Farben über die Blätter, die Ecken verziert, wie ich es im Poesiealbum meiner älteren Schwester gesehen hatte.

Zu meinem siebten Geburtstag sollte ich gleichfalls schriftlich einladen. Und tat, wie mir geheißen war: Ich lade Dich zu meinem Geburtstag ein, schrieb ich auf jeden Bogen. Ich begann sie zusammenzufalten, zum Austragen ins Briefformat zu bringen. Und wähnte, den Schreibkram hinter mich gebracht zu haben, als ich Mutters kritischen Blick im Nacken spürte. Ein angewöhntes Deutungsmuster mahnte mich: Sie will dir mit Einwänden kommen.

Den einfachen Mitteilungssatz nannte sie unfreundlich. Mir dagegen reichte der vollends aus. Sie forderte mich auf, erzählende Sätze hinzuzufügen, von der Art, was meine Gäste erwarten sollte, worauf sie sich freuen dürften. Mir fiel wenig an Zutaten ein, umso weniger, da ich von der Auffassung nicht lassen mochte, der Mitteilungssatz enthalte alles Wichtige, was für den Eingeladenen von Belang sei.

Also schrieb ich freundliche Ergänzungen. Welche, weiß ich heute nicht mehr, bis auf diesen kompletten Einladungsbrief:

Lieber Karlchen!
Ich lade Dich zu meinem Geburtstag ein. Von meinen Eltern wünsche ich mir einen Drachen. Dann können wir in den Herbstferien unsere Drachen gemeinsam steigen lassen.

Ich trug die sieben Briefe aus und bemühte mich, nicht gesehen zu werden, weil Briefträger ungesehen agierten. Ich war erleichtert. Für mich war die Briefschreiberei damit erledigt, endgültig Schluss und vorbei. Oder wenigstens für ein Jahr. Denn schon drohte die Vorfreude auf den Festtag zu veröden, weil es mir argwöhnte, die siebenfache Variation des einzig wichtigen Einladungssatzes wäre ein Trick, mittels dessen mir meine Schreibfaulheit mit abgenötigtem Schreibfleiß ausgetrieben werden sollte. Das Geburtstagsfest wäre demzufolge der Preis für meine Schreibmühe.

Nach Einwurf der Briefe legte sich mein Misstrauen bald. Es war geschafft. Der Festtag durfte wieder ungetrübt erwartet werden.

Doch wehe dem, der den Punkt schreibt und sich den absoluten Schluss dabei denkt! Das beabsichtigte Ende sollte sich als einen unerwarteten Anfang herausstellen.

Nach zwei Tagen lag ein Antwortbrief von Karlchen in unserem Hausbriefkasten. Er schrieb:

Lieber Hermann! Ich schreibe Dir heute einen Brief. Wann lässt Du Deinen Drachen steigen?

Karlchen hatte unsere Korrespondenz auch in formaler Hinsicht nach vorn entwickelt: das zusammengefaltete Blatt trug außen neben genauer Adresse und Absender oben rechts eine handgemalte Briefmarke, durch einen handgemalten Stempel entwertet als Beleg dafür, dass der Brief zur Zustellung angenommen worden war.

Karlchen war ein Jahr älter als ich und besuchte normenfolglich eine um einen Zähler höhere Volksschulklasse. Ein Zweit- und ein Drittklässler hatten also die Wechselseitigkeit des Briefschreibens entdeckt und versahen das Postwesen gleich mit.

Hernach verwandelte sich unser Hausbrief-

kasten in einen unvergleichlichen Anziehungs-
punkt. Werktäglich zur Postzeit zwischen 10
und 12 Uhr wurde er von mir in Fünfminuten-
abständen kontrolliert. In den so ereignisarmen
Sommerferien trugen wir viele Briefe hinüber
und herüber und hielten uns voreinander unent-
deckt. Die Straße trennte unsere Häuserreihen,
was uns in die Einbildung hineinsog, wir lebten
auf getrennten Kontinenten. Ich schrieb also un-
verdrossen meine Antwortbriefe:

Lieber Karlchen! Ich schreibe Dir heute einen
Brief. Wann lässt Du Deinen Drachen steigen?

Und von Karlchen erhielt ich jedesmal zur Antwort:

Lieber Hermann! Ich schreibe Dir heute einen
Brief. Wann lässt Du Deinen Drachen steigen?

In unseren reibungslosen Postverkehr funk-
te meine Schwester hinein. Sie war einige Jahre
älter als wir und besuchte bereits das Gymnasium. Sie fand unseren Briefwechsel ausnahmslos
blöd. Und den ersten Satz völlig überflüssig. Der
Empfänger sähe doch selbst, dass er einen Brief
erhalte. Und zum zweiten, eine Frage mit gleich-
lautender Gegenfrage zu beantworten, führte zu
rein gar nichts. Ein Brief, der als solcher gelten

wollte, müsste eine Neuigkeit enthalten, die dem Empfänger bis zum Lesen unbekannt zu sein hätte.

Ich murmelte meine Zustimmung Sie war ja schließlich die Gymnasiastin im Haus.

Doch dass der Briefinhalt von solchem Gewicht wäre, kam mir wie eine absonderliche Idee vor. Und Karlchen wohl auch. Jedenfalls wechselten unsere Briefe mit dem standardisierten Inhalt tagtäglich hinüber und herüber, durch die Sommerferien hindurch. Es ging uns doch einzig darum, dass wir eine gerade entdeckte Wechselbeziehung, die Kontinente verband, in Gang hielten. Wir fanden unser Genügen daran, dass der Briefverkehr funktionierte. Unsere Entdeckerfreude verstanden wir vor jeder Besserwisserei zu schützen.

Die Zeit war uns nicht vergönnt, dass sich die Leere des Briefinhalts hätte bemerkbar machen können. Zwei Monate später verzog meine Familie. Die Frage nach dem Termin des Drachensteigens geriet ebenfalls außer Sichtweite. Geblieben ist die Freude am Zustandebringen einer Wechselbeziehung und am Überraschtwerden von Unerwartetem. Sie hat sich wie ein Sediment auf meinen Seelengrund abgelagert, von woher der Wunsch nach Briefverbindungen zu jeder Zeit in den darauffolgenden Jahrzehnten wieder auftauchen konnte.

Etwa 30 Jahre später führte mir ein Ereignis vor Augen, dass es Karlchen und mir um das Tun des Briefetauschens gegangen war, also rein um die Funktion und nicht um den Transport von Inhalten. Es wurde Pfingstgottesdienst gehalten für Kinder und Jugendliche unter freiem Himmel. Einzelne Wolken zogen rasch vorüber. Der Wind am Boden frischte böig auf. Der Altarraum wurde geschützt von einem Baldachin aus weißem Zeltstoff. Der Prediger legte sich ins Zeug, um den Kindern Pfingsten näher zu bringen. Er predigte lange. Einem Jungen viel zu lange. Er rief in das Wortgebrause hinein: „Sag doch mal, wie geht denn Pfingsten?!"

Da trat mir unser Unterfangen vor Augen, wie wir Sieben- und Achtjährigen entdeckt hatten, wie Post geht. Der kecke Fragesteller vom Pfingstgottesdienst schien mir im gleichen Alter zu sein und ebenso wie wir in die Welt eingelassen, herausfinden zu müssen, wie etwas geht.

Der Prediger reagierte nicht auf den Zwischenruf. In dem Moment, als die Lacher unter den Mitfeiernden sich beruhigten, fegte eine Windböe unter das Zeltdach und blies es zum Ballon auf. Ich konnte beobachten, wie die Erdnägel, die die Halteleinen an den Boden pressten, sich um zwei Handbreit hoben. Dabei wünschte ich mir, der Junge wäre zu seinem Pfingsterlebnis gekommen, wenn der Baldachin über dem Altarraum entschwebt wäre, mit dem Brausen des Pfingstwindes.

Ich hatte 7 Mal den Punkt hinter den Einladungssatz zu meinem 7. Geburtstag geschrieben. Aber das gereichte mir nicht zur endgültigen Beendigung der Briefeschreiberei. Es artete zu einer lebenslangen Korrespondenz aus. Bis dato.

Wie ein Kettenbrief zu eindringlicher Quasselei auswucherte

Jette Pedersen ist mir aus einer Kettenbriefbeteiligung geblieben. Unentwegte Briefmarkenfreunde weltweit hatten sich ein Forum geschaffen, um mit Tauschpartnern in Kontakt zu kommen: „The Forever Stamp Exchanger". Ich habe nichts dagegen einzuwenden, wenn die Kette weiterhin wie ein Spinnennetz über den Globus zieht, unbeschadet davon, dass sowohl Jette als auch ich an der Briefmarkensammelei ermüdet sind.

Diese Kette ist ausnahmsweise harmlos; sie greift dem Teilnehmer nicht ins Portemonnaie und spielt auch nicht Schicksal. An Kosten fallen lediglich die Portis an, um 50 gestempelte Briefmarken zu versenden, also Briefporto. Der Teilnehmer schicke seine Briefmarken an die erste Adresse auf der Liste, die nicht ausgestrichen ist, und streiche diese hernach aus. Den eigenen Namen mit Adresse positioniere man ans Ende der Liste und diene der Kettenwirkung, indem man mindestens fünf Kopien der Liste an Briefmarkenfreunde weitergibt. Das ist schon alles.

Und es funktioniert. Ich zum Beispiel erhielt

meine erste Sendung von einem US-Soldaten von den Philippinen.

So meint man. Und so dachte ich auch. Wenn sich nur nicht weltverbreitete Geschwätzigkeit einmischte, persönliche Notizen auf Zettelchen zu kritzeln und dem an sich neutralen Kettenbrief beizuschmuggeln!

Die Partnerin auf meiner Liste, der ich mein Markenpäckchen zu schicken hatte, um hernach ihre Adresse auszustreichen, wie es das Reglement befahl, ging schon bald dazu über, mir zu Weihnachten die standardisierten Grüße zu senden: *Glaedilig Jul og godt Nytår, Jette.*

Im vorigen Jahr, es war fast noch November, schickte mir Jette zwei identische Weihnachtsgrußkarten, identisch bis zu den als Porto verwendeten Briefmarken. In einem Abstand von nur vier Tagen trafen die Briefe aus Dänemark ein.

Was tun? Meine Reaktion schmorte so die 14 Tage vor sich hin. Dann kam mir der lösende Einfall: Ich schickte Jette Pedersen an die Thorsgade im Norden von Kopenhagen gleichfalls zwei in allem identische Weihnachtsgrußkarten, und ebenfalls im Abstand von vier Tagen gab ich sie zur Post. Ob Jette die Anspielung bemerkte?

Der Vorgang ruhte bereits in den Vorkammern des Vergessens, da kam Post aus Dänemark. Gegen alle Erwartung lag ein langer Brief vor mir, mit der Schreibmaschine geschrieben. Als ob auch in Dänemark, wie beim unbeliebten Nachbarn Schweden, die Haustüren nach außen aufgingen, so legte Jette los: „Vor einiger Zeit habe ich zwei in allen Details gleiche Weihnachtsgrüße von Dir erhalten, und zwar in einem Abstand von nur vier Tagen. Ich sehe mich veranlasst, Dir zu sagen: Pass auf Dich auf! So hat es auch bei meinem Vater angefangen!"

Das Stichwort „Vater" wirkte in der Briefschreiberin offenbar wie ein Auslöser, der einen hoch aufgetürmten Kieshaufen ins Gleiten bringt. Da rollten mir kleine und große Kiesel, mitunter ganze Brocken entgegen.

Hört nur zu, was Jette schrieb:

„Ich musste meine Mama aus dem Altersheim abholen. Denn Vaters Aggressivität hatte sich bis zu der Grenze gesteigert, wo man sein Verhalten Mama gegenüber leider gewaltsam nennen musste.

Und Glück im Unglück! Ich fand bald schon einen Platz für Mama auf einer kleinen Insel. Es gibt dort nur wenige Autos, und die müssen Schritt fahren. Die Bewohner des Seniorenheimes und einer psychiatrischen Einrichtung können sich völlig frei auf der Insel bewegen. Mama fühlte sich vom ersten Augenblick an dort wohl.

Vater bleibt in dem ehemals gemeinsamen Seniorenheim im Norden von Kopenhagen. Er scheint Mama nicht zu vermissen. Er besteht darauf, dass ich ihn jeden Sonntagnachmittag besuche, wie es sich für eine einzige Tochter schicke. Zu Mama fahre ich, wenn ich es an einem Samstag einrichten kann. Ich darf dann die Fähre nicht verpassen. Das fällt mir bei meinem angeschlagenen Organisationstalent nicht leicht.

Mit Mama führe ich Gespräche über gegenwärtige Verhältnisse, die uns angehen. Vater dagegen setzt jedes Mal neu an, mit mir unsere Familiengeschichte aufzuarbeiten. Im deutschdänischen Krieg 1864, als um die Herzogtümer Schleswig, Holstein und Lauenburg gekämpft wurde, hat auch ein Mats Pedersen teilgenommen. Der war Berufssoldat und hatte sich 12 Jahre lang dem harten Training unterworfen: Schanzen, Exerzieren, Handhabung der Waffen und Fechten für den Nahkampf. Bis es zur entscheidenden Schlacht kam.

Der Korporal Pedersen stieß auf einem Erkundungsgang auf einen Preußen. Der zog den Säbel und nötigte dem Dänen ein Gefecht auf. Pedersen bemerkte bereits nach den ersten Attacken, dass der Preuße schlecht focht. Nachdem dieser wiederholt seine Deckung vernachlässigt hatte, packte Pedersen die Wut: Was? Für so eine Stümperei hätte er 12 Jahre geübt? Nicht mit Pedersen! Er fintierte, fasste den Säbel mit beiden Händen und hieb von schräg oben dem Gegner den Kopf herunter. Eigentlich schade um den Jungen in Preußens Galauniform, hätte Pedersen gedacht. Aber wer sein Handwerk nicht ordentlich gelernt hat, darf sich halt nicht so weit vorwagen, schlussfolgert Vater.

Und dieser Mats Pedersen ist unser Urahn, Jette! In dir steckt eine Pedersen, Jette. Vergiss das dein Leben lang nicht! Denke stets daran und lass dir von schöntuenden Fatzken nichts vormachen. Jette, du bist und bleibst eine Pedersen!

So kann Vater dranbleiben. Sonntagnachmittage lang.

Bis zum Überdruss kenne ich nun schon die ellenlange Aufzählung der Helden, Seefahrer und Kaufleute, die nach Vaters Darstellung die Familie Pedersen im Laufe ihrer Geschichte hervorgebracht haben soll.

Bei einem Besuch im Frühjahr unterbrach ich Vaters familiengeschichtlichen Monolog:

Vater, ich möchte dir eine nette Neuigkeit erzählen. Freddi, mein Jugendfreund, ist überraschend aufgetaucht. Nach 21 Jahren auf den Weltmeeren. Er wolle sich nun eine Arbeit an Land suchen. Mit einem Schiffsausrüster in Kopenhagen sei er in ein Bewerbungsgespräch eingetreten.

Bis zur Entscheidung darüber wohnt Freddi bei mir. Stell dir vor! Wir sind verliebt wie damals, als ob zwei Jahrzehnte der Trennung unserer Liebe nichts anhaben konnten.

Ist das der Strick, der unsere Hühnernester zu kontrollieren pflegte und zur Rede gestellt stotterte, er wollte in absehbarer Zeit um deine Hand anhalten, sobald er eine Arbeit gefunden hätte?

Genau das ist er, mein Freddi! Er ist der nette Junge von damals geblieben.

Der Hund ist nicht das Pulver wert, mit dem ich ihn erschießen sollte, wenn du mich nicht hier eingesperrt hättest! Kein Wunder, dass Mama bereits getürmt ist. Dann ist er also in das Schwalbennest zu dir gekrochen, unter die Dächer in der Thorsgade?

Nein, wir konnten in eine größere Wohnung umziehen, in die dritte Etage!

In die dritte? Na ja, so verhält sich das.

Das reicht auch hin. Du weißt, was du zu tun hast. Du bist eine Pedersen, vergiss das nicht, Jette.

Ich war empört und strafte Vater damit, dass ich ihn an den folgenden Sonntagen nicht besuchte.

Ich fühlte mich seit Langem erstmals wieder rundherum zufrieden, wir drei in unserer behaglichen Wohnung. Freddi hatte seinen Hund, einen Terriermischling, mitgebracht. Der hörte auf den Namen ‚Das Vieh‘, dänisch ‚faeet‘, was der Hund den Menschen jedoch nicht übel nahm. Ich fühlte, dass das Tier mich sofort ins Herz geschlossen hatte.

Als Freddi drei Nächte in Folge nicht nach Hause kam und als das Vieh mich am 4. Morgen mit drei Welpen überraschte, war die Sache klar. Rasend gern hätte ich mit einem Elchstutzen hinter ihm her geschossen. Aber bedauere, ich bin nur eine verspätete Pedersen.

Enttäuschung und Wut wühlten in mir. Ich war dabei, jede Fassung zu verlieren. Da traf mich der Blick bettelnder Hundeaugen. Ich streichelte dem Vieh über den Kopf und redete auf die junge Mutter ein: Nein, ich jage dich nicht fort auf die Straße hinter dem verlausten Freddi her. Wir sorgen uns gemeinsam um deine prächtigen Welpen, ziehen sie groß und finden ein Zuhause für sie. Was meinst du dazu, Vieh?

Noch nie zuvor habe ich in so dankbare Augen geschaut. Sie gaben mir zu verstehen, worauf es im Leben ankommt.

Freddis Gerümpel, vornehm Hausrat genannt, zu beseitigen, hat mich zwei Monate gekostet. Meinen Keller und meinen Abstellplatz auf dem Dachboden hat er mir vollgemüllt, ohne dass ich etwas davon bemerkt hatte. Einige brauchbare Dinge habe ich vors Haus gestellt und mit einem Schild versehen: Bitte mitnehmen!

Ich wusste bereits, dass ich in dieser Wohngegend von Idioten umzingelt war, aber müssen die sich auch noch wie Analphabeten benehmen?

Frau Pedersen, das war nicht vereinbart! Schauen Sie sich doch Ihren Müllabladeplatz an!

Ich dachte bei mir, der alte Hektiker von Hauswart übertreibt mal wieder. Das kennen wir zu Genüge. Aber was ich da zu sehen bekam, spottet jeder Beschreibung. Als ob ganz Nørrebro auf den Stichtag hin seine Rumpelkammern geleert hätte! Fahrradwracks die Menge, ein Elektroherd, Fernseher, Plastikzeugs in Unmengen, ein halber Kleiderschrank, Bettgestelle und als krönender Abschluss eine verpinkelte Matratze.

Hier musste schnell gehandelt werden. Ich hängte mich ans Telefon. Die erste Entrümpelungsfirma, die ich an den Apparat bekam, lehnte entrüstet ab: Thorsgade, sagen Sie das noch einmal, die Straße liegt doch in Nørrebro, wo die Leute wie wild demonstrieren. Unser Wagen ist dort einmal in einen Umzug hineingeraten. Zwei Reifen wurden zerstochen. Nein danke! Uns reicht's!

So ging es eine Weile fort. Es wurde eng für mich, ich dachte an den wachsenden Müllberg. Bis endlich die Haushaltsverwertung der Emmausbewegung sich der Sache annahm; die pflückten sich einige verwertbare Teile heraus. Für den Rest berechnete sie mir Abfallbeseitigungsgebühren, und das nicht zu knapp!

Ich hätte den deutschen Schlager brüllen können: Freddi, komm nie wieder, nie wieder nach

Haus! Kotzübel wurde mir bei der Abfallhantiererei. Vater habe ich natürlich nichts von Freddis Abgang erzählt. Den Triumph gönnte ich ihm nicht."

Ich hatte längst begonnen, Jettes Briefe zu schätzen. In mir entstand die Vorstellung, dass ich in jedem Brief einer begabten Erzählerin begegnete, einer, die den Kompaktstil beherrschte. Sie fädelt nicht einen Handlungsstrang behutsam ein, sie klotzt: Absatz, Punkt, neuer Absatz in ihr kunterbuntes, ab und an chaotischen Leben hinein.

Ich blätterte weiter in der Mappe mit Jettes Briefen:

„Ich verstehe die Leute in meinem Wohnviertel immer weniger. Dass sie so viel Zeit aufbringen können, wegen jeder unpassenden Kleinigkeit zu demonstrieren, will mir nicht in den Kopf. Wenn so ein Zug unter meinen Fenstern zum Stillstand kommt, erlebe ich die Hölle. Ich bin erleichtert, wenn sie weiterziehen, und ärgere mich, wenn sie fort sind: dass Menschen so viel Unrat hinterlassen können, wo sie gehen und stehen!

Es ist Brauch geworden, dass eine Demonstration eine Gegendemonstration auf den Plan ruft. Sie marschieren nicht auf verschiedenen Wegen, nein, stets Stirn gegen Stirn. Beim Aufeinandertreffen der Züge entsteht Geschimpfe und Geschrei, und weil man sich nicht verstehen kann, schlagen sie sich mit ihren Protestschildern die Birnen blutig. Wenn endlich die Polizei eintrifft, wissen die verfeindeten Gruppen urplötzlich, wer die wahren Störenfriede sind."

Jettes Briefe klagen die zunehmende Gewalt an. Im Dezember 2008 eskalierte die Situation in Nørrebro. Jette schrieb:

„Ja, es sind harte Verhältnisse hier in Nørrebro entstanden. Es geht immer gewaltsamer zu. Viele der Schießereien geschehen ganz nahe meiner Wohnung. Es sind meist Verbrecher, die sich mit Schießeisen bekämpfen. Aber jeder hier kann doch vom Unglück getroffen werden, einer Kugel in den Weg zu geraten. Wenn ich meine berufliche Arbeit beendet haben werde, will ich von hier fortziehen.

Damals, als ich diesen Wohnort wählte, war Nørrebro eine beliebte Wohngegend, ruhig, gepflegt, kinderfreundlich, nahezu ideal. Selbst ein Kindergarten konnte gefahrlos wie auf einem Spaziergang demonstrieren. Ich glaube mich zu erinnern, dass es um die Erneuerung des Spielplatzes ging. Die Kleinsten wurden in Bollerwagen mitgezogen, Kinderstimmen sangen heitere Lieder, die an unsere eigene Kinderzeit rührten. Den Schluss des Zuges bildete ein kleiner Junge mit einem Protestschild. Irgend so ein Gehirnamputierter musste ihm das Schild in die Hände gedrückt haben: ‚Jeder Erwachsene ist ein Arschloch zu viel!'

Man sah es, und man lächelte. Keiner fühlte sich gereizt. Dem Touristik-Slogan ‚Denmark smiles' entsprach eine Wirklichkeit in unserem Leben."

Der folgende Brief klagt über die sinnlose Gewalt, die um sich greift und das Leben außerhalb der eigenen vier Wände bedroht.

„Schießereien auf Nørrebro, wie schon gewöhnlich. Nichts Neues mehr. Aber dass Menschen unmotiviert überfallen, niedergeschlagen werden und für ihr weiteres Leben invalide sein müssen, das macht mich wahnsinnig. Solche Missetaten sollten strenger bestraft werden – am besten mit einer Tracht Prügel, aber das darf in einem zivilisierten Land nicht sein."

Jette befürchtet, dass der Verkaufswert ihrer Eigentumswohnung in jenem Stadtviertel erheblich gesunken sei. Wenn der Preis annähernd akzeptabel sich ausnehme, wolle sie verkaufen. Sie liebäugelt mit der Insel Lolland, wo sie sich den Traum von Dänemark, in dem sie groß geworden ist, zu erfüllen hofft.

Es mag sein, dass ich mich in einem Brief an Jette über Gebühr über meinen Sturz vom Fahrrad beklagt habe, der zu einer Operation am Knie geführt hatte. Jette konterte:

„Du bist nicht der Einzige, der gestürzt ist. Vor zwei Wochen bin ich auf dem Weg zur Arbeit hingefallen. Ich schlug mit dem Kopf hart auf dem Pflaster des Bürgersteigs auf, ebenso hart traf es meine Schulter und meine Hand, nicht zu reden von meinem malträtierten Knie. Das blaue Auge, das ich mir dabei zuzog, war nicht das Problem."

Jette versteht sich selbst als eine verspätete Pedersen. Sie erlebt Niederlagen in Serie. Stets ermutigt sie ein bewundernswerter Lebenselan zu Neuem. In demselben Brief lese ich:

„Eine Verliebtheit ließ neue Kräfte in mir wachsen. Ich genieße, was man eine Hundefreundschaft nennen könnte, zwischen einem Frauchen und einem Herrchen. Wir wohnen in derselben Straße und haben unsere Promenadenzeiten aufeinander abgestimmt."

Ich wünsche mir noch viele Briefe von Jette, in denen mehr und mehr das Familienerbe zum Vorschein kommen wird. Wie herrlich sie schimpfen kann! Soweit selbstverständlich ihre Sprachkraft und ihr Witz mich erreichen können durch die Barriere der fremden Sprache. Jette schreibt natürlich in ihrer Muttersprache, keine Frage.

Es würde mich nicht wundern, wenn ich in absehbarer Zeit in einem Brief von Jette zu lesen bekäme:

„Ich lebe jetzt endlich in geordneten Verhältnissen. Wir Frauen unter uns. Für alle unsere Bedürfnisse ist zufriedenstellend gesorgt. Wo Frauen unter sich sind, da ist Entwicklung.

Seit meiner Kindheit hat mir niemand ein Frühstück gemacht. Die Gitter vor den Fenstern stören mich keineswegs. Im Gegenteil! Die halten mir die Zudringlichkeiten vom Leib, zu denen ich auf Distanz gehen musste.

Freddis Hinterlassenschaft, das Vieh, starb gerade rechtzeitig, bevor mich die Rehabilitationsanstalt haben wollte. Ich sehe darin ein gutes Vorzeichen, dass alles in meinem Leben in Ordnung kommen wird. Eine geläuterte Pedersen wird hernach auf dem Kampfplatz des Lebens erscheinen.

Leider wird mein stolzer Vater nicht mehr erleben, dass seine Tochter sich zu einer wirklichen Pedersen gemausert haben wird, von dem Schlage, wie er von sich geglaubt hat, ein Pedersen zu sein.

Nicht ich werde wegen Magengeschwüren in ärztlicher Dauerbehandlung sein. Das wird eine Pedersen anderen besorgen."

Vulgär-Wörtern auf der Spur

Es ließ mir keine Ruhe, dass ausgerechnet mein Banknachbar der letzten Schuljahre bei unserem 45. Klassentreffen gefehlt hatte. Ich rief Hanna an.

„Ja, bitte?"

Ohne meine Nachfrage abzuwarten, floss ihr Redestrom durch die Hörmuschel: Gisbert war von einer seltsamen Krankheit heimgesucht worden, die es ihm nicht erlaubte, sich in der Öffentlichkeit zu zeigen.

„Eine Hauterkrankung?"

Sie verneinte.

„Eine Herzattacke?"

Sie verneinte.

„Ist Gisbert dienstunfähig?"

Sie verneinte.

„Das kommt mir merkwürdig vor!"

Hanna verneinte nicht. Ihre Stimme nahm Fahrt auf:

Die Diagnose lautete Gilles-de-la-Tourette-Syndrom. Als Gast bei einer Kommunionfeier war es Gisbert zum ersten Mal angst und bange geworden darüber, welcher Zwang in ihm steckte, gegen den er sich machtlos fühlte. Auf dem

Tisch der festlichen Kaffeetafel stand die mit Myrte umwundene Kommunionkerze. Sie besorgte den dramatischen Höhepunkt, indem sie sich zur Seite beugte und umstürzte. Die Kerze landete weich auf der Sahnetorte. Fast unbemerkt.

Gisberts Arm schlug plötzlich aus, seinem Mund entfuhr wie von einem automatischen Antrieb gesteuert: „Scheiße!" Er schrie es hinaus.

Stille trat ein. Sie dehnte sich für Gisbert zur Pein. Alle Augen waren nur auf ihn gerichtet.

Gisbert wirkte verwirrt über das, was er angestellt hatte, besser: was mit ihm geschehen war. Er fand nicht die beredten Worte, seine humorigen, die ein Missgeschick in allgemeines Gelächter hätten wandeln können; so wie man ihn kannte.

Gisbert teilte seiner Frau Hanna die Besorgnis mit, so etwas Ähnliches, Unerwartetes, Nichtsteuerbares könnte ihm beim Austeilen der Kommunion passieren. Dann werde es wieder hervorbrechen, explosionsartig: „Scheiße!", würde er schreien, wenn ihm das kleinste Missgeschick unterlaufen würde, wenn eine Hostie zu Boden fiele oder er selbst auf den steilen Altarstufen ins Stolpern geriete. „Scheiße!", würde es dann im Kirchenraum hallen und widerhallen. Das wollte er sich, dem Pfarrer und den Gläubigen ersparen.

Gisbert hatte den Pfarrer bereits um Entbindung vom Amt des Kommunionhelfers gebeten.

Hanna aber gab so schnell nicht auf. Sie erwartete Heilung durch eine Therapie. Nur müsste die richtige Methode gefunden werden.

Keineswegs wäre Gisbert dienstunfähig, wie ich in meiner Nachfrage hätte durchblicken lassen.

Gisbert war Leiter der Beschwerdestelle beim Finanzamt, und dort war die Atmosphäre durchsetzt mit Vulgärausdrücken, mit oder ohne Gisberts Zutun.

Hanna beschaffte einen Gesprächstermin bei einer Sprachtherapeutin. Sie bugsierte ihn, halbwegs gegen seinen Willen, dorthin.

Bei meinem nächsten Anruf ließ sie mich die Diagnose der Sprachheilerin wissen: Koprolalie. Zwanghaftes Wiederholen von vulgären Ausdrücken, vorwiegend aus der Fäkalsprache, oft verbunden mit Zuckungen im Gesicht, am Hals oder an den Schultern.

Der Arme, dachte ich. Ich schloss Hanna von jeglichem Verdacht aus, Beihilfe zur Auslösung des Zwangsverhaltens in Gisbert bewirkt zu haben. Sie, die Milde und Güte in Person, mit gelegentlichen Neigungen zum Terror einer Sanftmütigen!

Während ich noch damit beschäftigt war, mein Bewusstsein von jeglichen Verdachtsmomenten zu reinigen, klingelte es der Haustür. Ich öffnete und blickte Carlo auf den Rücken, weil er gerade dabei war, sein Fahrrad zu sichern. Danach rannte Carlo vom Haus weg und schaute die Straße hinunter, woher er angeradelt gekommen war.

„Kommt noch jemand, Carlo?"

„Nein, ich versichere mich, ob ich meine Verfolger abgeschüttelt habe."

„Hast du?"

„Bisher hat mich noch keiner eingeholt."

„Na, dann komm rein! Carlo, du kommst wie gerufen. Ich bin gerade dabei, mir die Bedeutung des Wortes Koprolalie erklären zu lassen. Eine widerliche Krankheit, darf ich dir versichern. Deswegen suchte ich Auskunft im medizinischen Wörterbuch, in dem berühmten Pschyrembel. Dort ist von der Wortverbindung Koprolalie nur der zweite Wortteil erklärt und das völlig unnötig. Denn dass Lalie von Lallen kommt, also dummes Zeug labern heißt, weiß doch schon jedes Kind, das zwei und zwei zusammenzählen kann. Aber auf den ersten Wortteil kommt es an, der bekannterweise die Bestimmung des Grundwortes beherrscht. Carlo, dein Latein und Griechisch werden doch taufrisch gehalten. Du wirst keine Schwierigkeit mit dem ersten Wort haben: Also, was heißt Kopro?"

Carlo setzte sich bequem. Er genoss es, mir eine Förderlektion erteilen zu dürfen:

„Du kennst doch den Mistkäfer. Der heißt so, weil er Mist frisst. Im Fachchinesischen gehört diese Tierart zu den Mistfressern, eben zu den Koprophagen. Wenn du nun Kopro mit Lalein verbindest, was erhältst du dann? Richtig! Einen, der Mist labert. So einfach verhält sich das meiste von den anderen Wortungeheuerlichkeiten ebenfalls. Aber warum Aufhebens davon machen? Mistlaberer sind doch keineswegs eine sehr seltene Spezies, die vom Aussterben bedroht wäre. Im Gegenteil! Sie vermehren sich überproportional!"

„Ich stimme dir zu. Quereinsteigern stehen Tür und Angel weit auf. Ich erinnere mich, als in den 60er Jahren das Höfesterben in Schweden losging, da machte so ein ganz Schlauer den Vorschlag: Die erwerbslos gewordenen Bauern sollten Politiker werden; denn es läge auf der Hand, wer Mist fahren kann, dem fiele es ebenso leicht, Mist zu reden."

Ich erzählte daraufhin von den verschiedenen Diagnosewörtern, die meinem kranken Freund Gisbert zugemutet worden waren. Wie ich mich im Pschyrembel schlauzumachen versucht hätte.

„Ich bewundere dich", unterbrach Carlo, „du besitzt also einen Pschyrembel!"

„O nein, nicht ich. Meine bessere Hälfte!"

„Deine bessere Hälfte", schmunzelte Carlo. „Ich dachte, du bist die bessere Hälfte. So kann man sich täuschen!"

„Wenn wir nun die Spuren von Experten aufgenommen haben, natürlich nur die Jagd nach den Wortbedeutungen, dann möchtest du mir die Frage erlauben: Von wem fühlst du dich verfolgt, Carlo, auch wenn man keinen Menschen auf der Straße sehen kann? Auch keinen Köter?"

Carlo tat so, als ob er nachdächte. Normalerweise ist seine Sprache seinem Denken voraus, so schätzte ich ihn ein.

Er vergewisserte sich: „Du willst mich hoffentlich nicht verschlagworten, dass ich unter einen Fachbegriff eures Pschyrembel passe.

Bei mir hat sich Folgendes eingestellt, ganz ohne eine Absicht meinerseits: Wenn mir als Radfahrer ein anderer Radfahrer entgegenkommt, überfällt mich immer öfter der Zwang, dem Gegenstrebigen ‚Du Arschgesicht!' zuzurufen. Dabei fühle ich ein Zucken in den Beinen, fühle, wie sich die Muskeln spannen. Ich bekomme gewissermaßen die zweite Luft. Und wenn ich noch so müde bin, kann ich losrasen, dass ich mich über mich selbst wundere. Bisher hat es noch kein Verfolger vermocht, mich einzuholen."

„Gab es welche?"

„Woher soll ich das wissen! Ich kann mich

doch nicht umschauen, wenn ich mit voller Kraft voraus durchstarte!"

„Darf ich schlussfolgern, lieber Freund, du strengst dich an, das Krankheitsbild der Koprolalie zu erweitern, indem du den Vulgär-Ausdruck ‚Arschgesicht' mit dem Fluchtinstinkt verbindest?"

„Das erscheint mir reichlich spekulativ", hielt Carlo dagegen. „Schlaugemacht habe ich mich auch aus einem bestimmten Anlass heraus. Um 1900 herum entdeckte ein Neurologe in Paris diesen körperlich-sprachlichen Konnex. Man gab der Entdeckung den Namen des Forschers: Gilles-de-la-Tourette-Syndrom. Mir fiel eine Frau im Riemekepark auf wegen eines Abzeichens, das sie an ihrem Mantel trug. Ich näherte mich unauffällig und konnte lesen: *Rücksicht bitte! Tourette-Syndrom!*"

„Das beruhigt mich sehr, dass diese Krankheit nicht an das männliche Geschlecht gebunden ist. Ich vermute, Carlo, uns verbindet ein Zwang, nämlich zu lesen, lesen zu *müssen*, was an Gedrucktem innerhalb unseres Gesichtsfeldes auftaucht. Ich möchte dir anvertrauen, wohin mein Lesetic mich einmal fortgerissen hat. In einer Sauna saß ich in erhöhter Position. Ich spürte, dass die Harmonie des seelisch-körperlichen Daseins gestört wurde. Meine Augen wurden angezogen von Schriftzeichen auf der Rippenpartie einer Dame, die sich auf einer der tieferen Bänke ausgestreckt hatte.

Da war eine Tätowierung anzunehmen, Buchstaben, die halb von den Brüsten verdeckt waren. Ich habe wohl so fixiert auf diese Stelle gestarrt, dass es die Angeschaute bemerkte und mir einen Blick zuwarf, so zwischen nachsichtigem Lächeln und verächtlichem Grinsen, als ob sie mir zu verstehen geben wollte: schon wieder so ein Spanner, dem die Blicke entgleist sind. Ich fühlte mich jedenfalls ertappt. Als sie die Hitzekammer verließ, folgte ich ihr und versuchte eine Entschuldigung zu murmeln, ohne dabei zu versäumen, auf den Öffentlichkeitscharakter von allem Gedruckten hinzuweisen.

Und wie reagierte die Dame? Sie hob ihren Busen an, damit ich meine Lesebegierde befriedigen sollte. Und da stand in Druckbuchstaben tätowiert …"

„Hände weg!", rief Carlo angeregt dazwischen, „was denn sonst?"

„Eben nicht! Hier versagt die Einbahnstraßen-Fantasie, Carlo. Es stand dort ganz seriös, sachlich, unmissverständlich: KEINE ORGANENTNAHME!"

„Und wie alt schätzt du die Tattooträgerin?"

„Dein Interesse für Antikes könnte sich daran hochziehen, Carlo! Sie hatte das gewisse Alter, wie sich die Franzosen auszudrücken pflegen:

deutlich und vornehm zugleich. – Übrigens", mit diesem Wort pflegte Carlo einen Wissensbeitrag einzuschleusen, „übrigens wendet auch Håkan Nesser dieses Motiv an in seinem Erzählband ‚Aus Doktor Klimkes Perspektive'. Ein Ehemann sieht es seiner Frau nach, wenn ihr zusammenhanglos und mit Vehemenz entfährt: ‚Mein Mann ist Schriftsteller!' Er nennt diese Auffälligkeit eine ‚sanfte Form des Tourette'schen Syndroms'.

Die Schriftsprache kann indes nicht gänzlich nachahmen, mit welcher Betonung die Frau sagt: ‚Mein Mann ist Schriftsteller!' Die Bewunderung der Zuhörer auf sich selber ziehend bis hin zur Verachtung: Aus ihm ist nichts Besseres geworden; als letzter Notnagel blieb ihm die Schriftstellerei. Man könnte dieses Verhalten auch kryptisch nennen, weil sich ein vulgärer Ausdruck in dem wertneutralen oder sogar im positiven Ansehen stehenden Ausdruck ‚Schriftsteller' verbirgt.

Und keine Panik! Geläufig ist uns allen das Wort Krypta. Man geht in einen Raum, der sich unter der Erde verbirgt, kryptein heißt griechisch verbergen. Kryptogenetisch heißen die Mediziner folglich Erscheinungen von verborgenem Ursprung und man sollte …"

„Carlo, halte bitte an dich. Lass den Akademiker nicht so weit heraushängen. Mir ist schwindlig geworden!"

Ich befürchtete nämlich, Carlo könnte zur Hochform auflaufen. Dann wäre er kaum noch zu bremsen. Ich war beruhigt, als Carlo unsere Unterhaltung vor unsere Abschweifungen zurückführte:

„Welchen Therapievorschlag hat nun jene Sprachtherapeutin deinem Klassenkameraden Gisbert gemacht?"

„Sie hat verschiedene Verfahren an ihm erprobt, bis sie endlich die geniale Lösung gefunden zu haben glaubte. Ihm könne nur ein Segeltörn in der Südsee helfen, in Begleitung von ihr selber."

„Und was sagte Hanna dazu?"

„Hanna war strikt dagegen, weil sich die Krankenkasse nicht an der Finanzierung beteiligen wollte."

„Dann gute Nacht, süße Bäuerin!", verabschiedete sich Carlo. „Ich muss los. Meine Liebste erwacht. Sie muss zur Nachtschicht. Dann schlafe ich in ihrem Bett. Allein!"

Von Nervenverhedderungen ist in der Zeit, die wir Moderne nennen, ein jeder bedroht oder betroffen, einem Krankheitsbild zugeordnet zu werden.

Aber was ist aus Gisbert geworden?

Es heißt, er gelte als geheilt. Vor zwei Jahren ist er von uns gegangen. Er hat den Mund voll

Erde.

Und aus Carlo?

Der strampelt immer noch seinen „Arschge-
sichtern" davon.

Und aus mir?

Ich schreibe die Absonderlichkeiten und die
sprachlichen Entgleisungen meiner Freunde auf.
Weil ich einem Zwang zu gehorchen habe.

Weil heute bereits niemand mehr genau weiß,
was Gesundheit ist, ahne ich das böse Ende dieser Sorte von Schreiberei. Man wird sie in die
Nähe der Koprolalie rücken, spezifiziert als Ko-
prographie.

„Und Graphie kommt vom griechischen gra-
phein, schreiben", ruft mir Carlo dazwischen.
Weil er es nicht lassen kann, den Wörtern auf die
Wurzel zu fühlen.

„Und pass auf", so hatte er mir noch kürzlich
geraten, „dass du das Wort Graphiker nicht zu
schnell und nicht mit Betonung der mittleren Sil-
be aussprichst!" Weil er es wiederum nicht lassen
konnte. Eine Fußnote, die Carlos Berufsstand
erläuterte, erübrigt sich. Er ist nämlich schon
längst erkannt, der Lehrer für griechische und
lateinische Sprache.

Und wortverliebt ist er. Und als extrem wort-
geil erweisen sich die Verfasser der dickleibigen
Romane. Besonnene haben schon längst ihren
wortinflationären Wanst als den Letzten dieser

Untat gelesen. Man müsste zu lebenslanger Haft verurteilt sein, um ein mehrbändiges Werk zu verfassen. Eine Literaturwelt eigenen Gepräges. Bei Hans Falladas „Fressnapf" geht es dem Verurteilten darum, ein Mehr an Lesezeit zugestanden zu erhalten.

Vor Zeit und Rat hieß es: Nichts für ungut! Lasst sie unter euch leben, eure krankhaft Wortverliebten! Denn ihretwegen ist unsere Lebenswelt so nebulös interessant.

Wer keinem Reiseziel nachrennt, kann sich nicht verirren

Mir geschah es in den 60er Jahren, dass ich mein Reiseziel aufgab und doch ankam. Den kulturellen Vorgaben jener Zeit entsprechend, hatte ich mich vorbereitet: ein ADAC-Tourenplan zu Schweden war mir zugeschickt worden, eine Tante, die niemals einen Widerspruch geduldet hätte, lieh mir den Reiseführer Baedeker aus, zum Geburtstag beglückte man mich mit dem gerade erschienenen Buch „Wir Schweden" und im letzten Moment lag das bestellte Lehrbuch von Langenscheidt „30 Stunden Schwedisch" in der Buchhandlung Kamp im Schildern abholbereit.

Der Stapel wuchs beängstigend, insbesondere für einen wie mich, der ich eine angeborene Abneigung gegen zu viel und überflüssiges Reisegepäck in mir verspüre, ohne mir bis heute klar darüber werden zu können, wie diese Antipathie sich in mir festbeißen konnte. Beim Anblick des Haufens bedruckter Papiere stieg Übelkeit in mir hoch. Das Unternehmen drohte der Fragwürdigkeit zu unterliegen, wessen Wertschätzungen meine Reisewege bestimmen sollten. Die Sprache verriet's mir: Sehenswürdigkeiten, Höhepunkte, unbedingtes Muss, das man sich nicht entgehen lassen dürfe, wie ein Nahebei praktisch mitzunehmen wäre. Solche Ratschläge muteten mich an wie Beutezüge der Germanen, die in der Zeit des Automobilverkehrs mit Rentier- oder Elchgeweihen auf dem Autodach über die E 4 heimwärts bretterten. Im Geschwindigkeitsrausch des Reisens sind wir zu Souvenirjägern und Archivaren unserer verstreuten Eindrücke degeneriert, wir verwahrlosen auf Kreuzfahrtschiffen und an den Stränden, tragen Bronzehaut zur Schau des Wohlergehens. Und wir negieren hartnäckig, dass der Tourismus längst an seine Grenzen gestoßen ist, die vor der Gefräßigkeit des schnell wachsenden Wirtschaftszweiges schützen sollen.

Was suchen wir eigentlich? Erholung von unserem fremdgesteuerten Selbst, Genuss des Fremdartigen, das sich offen oder unterschwellig unseren Gewohnheiten schon angepasst hat und schon längst unseren verborgenen Wünschen vorausgeeilt ist?

Auf die Gefahr hin, dass Vorrede und Nachbetrachtung auch noch den möglichsten Leser vergrault haben könnten, will ich zu Wort kommen lassen, wie ich das Reisen lernte:

Da stand er plötzlich vor mir, der kleine Mann, Hofbauer der Besitzung Eriksberg, wild gestikulierend, den ich zwei Tage vorher um Erlaubnis gebeten hatte, auf seinem Grund zu zelten. Er selbst war es doch gewesen, der mir einen geeigneten Platz angewiesen hatte, dort, wo der steil abfallende Hofhügel in die Feldflur überging. Hatte er nicht selber fürsorgliche Eile gezeigt, weil von Westen her eine Regenfront drohte, das Land in den Würgegriff zu nehmen?

Seit zwei Tagen hatte der Regen, der zarte Frühlingsbote, nicht aufgehört, das Land zu segnen, Feuchtigkeit und nebelverhangene Luft ringsum, und ich lag im offenen Zelt und stocherte in der Glut des Feuers, das ich durch Ziegelsteine vor der allenthalben vorherrschenden Feuchtigkeit beschützt hielt. Ich versuchte auf Englisch zu erfragen, was Anlass zu der Aufregung gegeben hätte, zeigte auf das Zelt, dann auf die glimmende Glut. Der Bauer wehrte ab und sagte wie in höchster Bedrängnis „Gunnar", wie in Richtung des Hofes weisend deutete ich seine Armbewegungen: Komm mit, zu Gunnar. Irgendein Vorkommnis, das zur Eile antrieb, und dazu ein steifer Wind im Rücken beschleunigten unsere Schritte.

Das rötlich gelockte Haar des Bauern von Eriksberg hatte sich zu Strähnchen gebündelt, die das Wasser ableiteten, an den Wangen und im Nacken abwärts. Im kurzärmeligen Hemd war er vor meinem Zelt aufgetaucht, ohne jeden Regenschutz. Er voran, stürzten wir in die Küche, die wir vom Hofe her erreichten. Grußlos und unvermittelt ergriff der Aufgeregte die aufgeschlagene Zeitung, wies auf eine Überschrift und wiederholte mit steigendem Ärger in der Stimme: „Repetionsövning."

Sohn Gunnar trat aus einem Nebenraum hinzu und erklärte mir des Vaters Aufregung: Die Regierung glaubte, dass akute Kriegsgefahr an der schwedischen Ostseeküste gegeben sei, nachdem sowjetische Unterseeboote ungeniert in schwedischen Hoheitsgewässern sich tummelten und schwedischer Selbstverpflichtung zur Neutralität zum Spott in den Häfen von Stockholm auftauchten.

Ein doppelseitiges Foto in der Tageszeitung, das ein auftauchendes U-Boot in Stockholmern Gewässern zeigte, heizte die Stimmung an, in der sich Ärger über die Untätigkeit der Regierung mit der Furcht mischte, in einen Krieg einbezogen zu werden.

„Repetionsövning", sagte Gunnar, „das heißt Wiederholungsübung. Dazu bin ich als Reservist einberufen worden, und das zu einem unglücklichen Termin, am Tag nach Pfingsten. Der Wetterbericht hat ein stabiles Hoch prognostiziert. Dann müssen wir mit der Heuernte beginnen. Uns darf das Heu nicht verregnen, indem wir die verheißene Chance verstreichen lassen. Wir haben 22 Kühe durchzubringen, und wenn uns die Heuernte verregnet, können uns die Nachbarn auch kaum aushelfen. Also, sagt Papachen, ich solle für meine fehlende Arbeitskraft Ersatz beschaffen."

„Gunnar, du hast gut Deutsch gelernt in der Schule. Wir werden uns gut verstehen können."

„Nein doch", wehrte er ab, „mein Deutsch habe ich von den beiden österreichischen Praktikanten gelernt, die fast schon ein Jahr lang bei uns leben und arbeiten. Am Tage nach Pfingsten erwarten wir sie aus ihrem Urlaub zurück. Sie heißen Josef und Hans."

Mir war aufgefallen, dass Gunnar besonders die Verkleinerungssilben gefallen haben mussten, hängte er doch gern und oft beziehungslos „chen" und „lein" an die Hauptworte an. Wie: Papachen denkt, du könntest mit unserem Pferdlein die Nachlese übernehmen, da du wohl etwas von Arbeitchen auf dem Lande verstehst.

Das Pferdlein erwies sich bald darauf als eine Stute vom Typ belgisches Kaltblut, aber ein wenig vom Anhängsel „lein" konnte man ihr nicht absprechen, stets arbeitswillig, zahm und ständig hungrig.

Schon bald nach der Vorstellung aller in der Küche Versammelten kam die Sache zum Spruch: Willst du uns bei der Heuernte helfen, soll etwa drei Wochen dauern. Wir bieten dir Unterkunft einer leer stehenden Knechtwohnung, Essen am

Familientisch, sonntags frei und, ja hoffentlich, gutes Einvernehmen mit den beiden Österreichern, die in deinem Alter sein dürften.

Ich hörte, wie der Regen auf das Vordach zum Kücheneingang prasselte, dachte an meine Reisevorbereitungen. In schneller Folge zogen die in den Bildbänden zu Schweden geschauten Fotos im Kopf vorüber, wie der Dom zu Uppsala lockte, Millesgården in Stockholm, die Orfeusfontäne auf dem Heumarkt, die Altstadt und weiter mit zunehmender Geschwindigkeit Seen, Landschaften, Ausflugsziele … und schaute in erwartungsvolle Augenpaare, wie sie an mir hafteten, in der Küche auf dem Hof Eriksberg, schätzungsweise auf halbem Wege zu den Kulturzentren des Landes, wo man dem Motorradreisenden Bleiberecht gestattet hatte, die niederdrückenden Regentage auszuhalten.

Und in mir sagte es Ja, und das Ja drang aus mir heraus, wurde hörbar. Ich sah, wie dieses Wort ein fast dankbares Lächeln auslöste. Blitzartig klärte sich die Sachlage, dass meine Reise auf den Spuren der Vorbereitungen zu Ende gegangen war. Nur merkwürdig: ein Bedauern wollte sich nicht meiner bemächtigen, keine Faser von Missstimmung durchzog mein Gemüt.

„Dann wollen wir gehen!", sagte Gunnar. Sie rafften meine Habseligkeiten zusammen, löschten die Glut und marschierten zu einem kleinen

Häuschen, das auf der dem Hofe gegenüberliegenden Straßenseite stand. Ich bezog also die Knechtwohnung, die mit allen Hilfsmitteln ausgestattet war, die die damalige Zivilisation aufzubieten hatte.

Am Nachmittag des folgenden Tages ließ der Regen nach, und ich sah zum ersten Mal auf meiner Schwedenreise ein Stückchen jenes blauen Himmels über Schweden, mit dem die Reiseprospekte und Fotobände verlockt hatten.

Der Altbauer rüstete den Traktor mit einem seitlich angebrachten Mähbalken aus. Nach getaner Maht ging eine Gruppe daran, die hässjor, die wir „Schwedenreuter" nennen, aufzustellen. Dann begann die sogenannte hundertarmige Arbeit der Ernte. Das geschnittene Gras musste in die Trockengestelle gestapelt werden, die aus senkrechten Stangen und aus quer laufenden Drähten gebildet waren. Die höchste Lage befand sich auf 1 Meter achtzig, die untere auf 50 Zentimeter. Die schweren Grasbündel zu platzieren beanspruchte die gesamte Muskulatur.

Ich durfte mit Tekla vor einem 2 Meter breiten Rechen die zurückgebliebenen Gräser zusammenharken. Aber Tekla wollte nicht, wie ich sie anwies. Ein sehr eigenwilliges Pferd, dachte ich. Indem sprang Hans mir bei und erklärte: „Sie versteht keine deutschen Anweisungsworte.

Du musst schwedisch mit ihr reden. Nach rechts heißt *höger*, nach links *vänster* und geradeaus *rakt fram*. *Stå* stehenbleiben und *gå* gehen. Nur das Wörtchen *hem* darfst du vor Arbeitsschluss nicht gebrauchen. Nach Hause heißt nämlich für Tekla: im Laufschritt zum Stall und sich auf das Futter stürzen. Dann ist sie nur schwer zu bändigen."

Und es ging. Tekla hörte auf die fremde Stimme, sofern die ihr nur schwedisch zuredete. Hans kam ins Schwärmen, dass Tekla ihn und Josef vor der kalten langen Nacht im Freien bewahrt hatte. Bald schon nach ihrer Ankunft auf dem Hof hatten sie den Auftrag erhalten, den Weidezaun zum nachbarlichen Gehöft zu reparieren. Sie arbeiteten weit draußen in der Feldflur. Tekla zog den Wagen, der mit Zaunpfählen, Draht und Werkzeugen beladen war. Am Nachmittag des Tages zog Nebel auf, und der verdichtete sich dermaßen, dass sie den nächsten Zaunpfahl nicht mehr ausmachen konnten. Sie beratschlagten, wohin sie den Rückweg zum Hof antreten sollten. Im Nebel verloren sie den Richtungssinn; Rufe schienen wie von Watte abgefedert und drangen nicht weit hinaus. In der Notlage vertrauten sie auf Tekla. Sie riefen ihr zu: „*Gå hem!*" Und die Stute setzte an zum Trab, in den dichten Nebel hinein. Hans und Josef ließen sie gewähren. Sie erstaunten nicht wenig, als sie bemerkten, dass Tekla vor ihrer Stalltür zum Stehen gekommen war. Sie lobten das Tier, klopften auf Hals und Kuppe, Tekla aber gebärdete sich wie wild auf die verdiente Fütterung.

Das herrliche Frühlingswetter hielt über die prognostizierte Zeit hinaus an. Der Aufenthalt bei den Eriksons auf dem Hof Eriksberg gestaltete sich paradiesisch. Die Arbeit fiel mir leicht, das Essen war bekömmlich, die Menschen freundlich, sogar der Terrier hatte mich in sein Rudel aufgenommen. Nach Feierabend nutzte ich jede Gelegenheit, in die nähere Umgebung hinauszufahren. Sonntags trug mich mein Motorrad nach Örebro, der Mittelpunktstadt der Landschaft Närke in 28 km Entfernung. Dort besuchte ich die katholische Kirche. Die Gemeinde wurde von einem Priester, der aus Düsseldorf stammte, geleitet. Nach der Messe luden mich Zuwanderer ein und wollten etwas Neues vom Kontinent erfahren. Bei Jugoslawen aß ich zu Mittag und lernte die mediterrane Küche schätzen.

Ich fühlte mich wie angekommen an einem Ziel, das ich zuvor nicht gekannt hatte. In Schweden trug man uns Deutschen die verbrecherische Vergangenheit nicht nach.

Als ich mich verabschiedete, wünschte mir Anka, die Mutter von Gunnar, gute Heimfahrt. Und bemerkte: „Ich war oft in Sorge um dich und konnte erst einschlafen, wenn ich die Reifen deines Motorrades über den Kies unseres Hofes rollen hörte."

Was es heißt, an einem Ort in menschlicher Umgebung angekommen zu sein, sollte ich fast auf den Tag 50 Jahre später erfahren. Ich befuhr mit meiner Frau von Norden kommend die Strecke von Fellingsbro über Glanshammar in Richtung Örebro. Nach Glanshammar erstreckte sich eine weite Feldflur, von einzelnen Hügeln unterbrochen, auf denen Höfe zu sehen waren. Bei der Fahrt über eine Anhöhe mit einer scharfen Rechtskurve auf der Kuppe, dann steil abfallender Straßenverlauf, verspürte ich eine seltsame Unruhe in mir. Nach der Talfahrt wendete ich den Wagen, fuhr den Aufweg bis zur Höhe, erblickte die beiden mächtigen Birken, die die Zufahrt zu dem Hof markierten. War ich auf Eriksberg gelandet?

Ich begann zu sondieren. Da hinten die Stallungen und sonstige Wirtschaftsgebäude, aber das Wohnhaus gab es schon nicht mehr; es war schon vor Jahren durch eine moderne Villa, wie ich sie in den Städten gesehen hatte, ersetzt worden. Bangen Herzens, als ob ich als Eindringling abgewiesen werden könnte, drückte ich auf den Klingelknopf neben dem Namensschild: Erikson. Ja, so hießen die Leute damals.

Niemand öffnete. Ich schrieb einen knappen Gruß auf einen Zettel und versenkte diesen in den Briefkasten mit der Aufschrift *Erikson*. Wir streiften über den Hof und schritten über die umliegenden Wiesen und weiter hinaus ins Feld. Und dort, in der Senke, richtig, da musste mein Zelt gestanden haben. Das Häuschen der Knechtwohnung war verschwunden. Doch die Grundmauernreste im Boden bezeugten, dass es dort gestanden hatte.

Zu Hause in Paderborn angekommen, fanden wir einen Brief von Gunnar Erikson vor. Bedauern einerseits und Freude zum anderen durchzogen die Zeilen, als ob die 50 Jahre, die vergangen waren, uns in keinster Weise entfremdet hätten.

Heute ist Gunnar Erikson 84 Jahre alt. Er hat in seine Lebenserfahrung den Zerfall und manchmal auch die Missachtung seiner Arbeit unterbringen müssen. Wie sein einst stattlicher Hof durch die Bedrängnisse der Industrialisierung in Unwirtschaftlichkeit abgedrängt wurde. Das einstige Leben ist zu Erinnerungen erstarrt: Äcker verkauft oder verpachtet, Stallungen veröden, Scheunen zerfallen. Nur der alte Hund durfte bleiben, den Enkelkindern zuliebe.

Seine Frau Linea, eine liebenswerte Dame aus dem Norrland, sorgt sich um den Bauern, dem man den Lebensimpuls genommen hat. Sie riet ihm, weil es die Nachbarn mit ähnlichem Geschick so machen, mit ihr nach Mallorca zu fliegen.

„Nun gut", so schrieb mir Gunnar, „nachdem mir schon mein Bestimmungsrecht über den Hof genommen war, flog ich mit. Beim Einsteigen ins Flugzeug bat ich den Piloten, langsam und möglichst tief zu fliegen, weil ich das Wachstum auf den Feldern studieren möchte, wenn wir über wechselnde Klimazonen südwärts schweben."

In seinen Briefen tritt mir Gunnar Erikson entgegen als ein Nachfolger des „philosophischen Bauern", den einst die Aufklärungszeit als den Vertreter des natürlichen Denkens und Fühlens entdeckt und typisiert hat.

Als ein solcher bekannte er sich mir in dem Satz: „Ich bin überzeugt, dass ich in der glücklichsten Zeit leben durfte, die Schweden je beschert worden ist und beschert sein wird."

Als ich 80 geworden war, bestätigte mir ein Gleichgesinnter: „Nur der Alleinreisende setzt sich Unbekanntem aus, mit seinem ganzen Wesen."

Die Verbal-Exhibitionistin

„‚Mama, beruhige dich doch erst einmal!‘
Wie oft soll ich mir diesen blöden Satz noch
anhören müssen. Ich habe zwei Töchter, beide
verheiratet, ihre Männer haben Arbeit, meine
Mädchen Teilzeitbeschäftigung. Dennoch muss
man denen Bescheid stoßen, wenn eine Mutter
ahnt, dass etwas nicht stimmt. Und hier stimmt
etwas nicht mit meiner älteren Tochter, genauer
mit ihrem Mann. Die jüngere wohnt mit ihrem
Hajo bei mir im Haus, die sind noch unter Mutters Fittichen. Aber mit dem Mann meiner älteren Tochter ist was faul; ich will Ihnen was flöten:
der springt plötzlich beim Abendessen oder mitten in einem Fernsehfilm auf, rennt raus, ohne
ein Wort zu sagen, schmeißt sich in sein Auto
und braust los.

Fadori noch mal“, und Frau B. schlug mit
der flachen Hand auf den Tisch und brachte die
Kaffeetassen zum Hüpfen. „‚Fadori‘, sagte ich zu
meiner Tochter, ‚dem müssen wir auf die Schli-
che kommen.‘ Eines schönes Tages sind wir ihm
nachgefahren.“

„Frau B., beruhigen Sie ...“ Ich presste meine
Lippen gerade noch rechtzeitig zusammen, da-

mit der Reizwortsatz nicht entweichen und ihre Aufregung auf den Gipfel treiben konnte. „Frau B., beruhigend ist doch allemal, dass Sie das Verhalten Ihres Schwiegersohnes aufgeklärt haben, was dem plötzlichen nächtlichen Aufbruch Grund verlieh."

„Das darf man wohl so sehen", übernahm Frau B. das Wort. „Immerhin hat keine andere Frau dabei eine Rolle gespielt. Die jungen Leute sind heute Verlockungen ausgesetzt, nicht nur im Konsumbereich, auch allerhand erotische Billigangebote zerren an ihren Nerven. Was da los war, das glauben Sie mir sowieso nicht. Vielleicht ein andermal mehr davon."

Wie hätte ich sie überhaupt bitten können, von ihrem Auftritt zu erzählen? Es kostete mich einige Mühe, ihren Redefluss anzuzapfen, nachdem sie meinen spöttischen Zweifel bemerkt hatte, der ihre Darbietungen heimlich ins Reich erotischer Fantasien verschob. Zu wüst kamen mir ihre Erzählungen vor, weil ihre erotischen Kapriolen so sehr abwichen von den tadellosen Erfüllungen ihrer Verpflichtungen als Ehefrau und Pflegerin von Haus und Garten.

Nach ihrer Pensionierung pflegte sich Frau B. auf Spaziergängen durch Pflanzschulen zu erholen, die zahlreich zu Gebote stehen zwischen Paderborn und Bielefeld. Vor einem Beet mit dornenlosen Brombeerpflanzen stehend, hatte sie mich angesprochen: „Die Sorte kann ich nur empfehlen, weil ich gute Erfolge damit habe: enormes Wachstum, winterhart und ungewöhnlich fruchtend. Mein Mann hat mir ein fünf Meter hohes Rankgestell gebaut, aus Stahlrohr. Die Ranken haben diese Höhe noch übertroffen. Natürlich musste ich ihnen Haltehilfen anbieten."

Frau B. zeigte auf diese und jene Rarität, die sie im Herbst pflanzen wollte. Sie kannte sich aus und erklärte mir diesen und jenen Vorzug bei Beerensträuchern und Blumenstauden. Sie redete ohne Unterbrechung auf mich ein, als ob ich zu irgendetwas Geheimnisvollem überredet werden müsste. Wir erreichten trotzdem den Ausgang. Unsere Schritte lenkten uns automatisch zu einer Bäckerei mit integrierter Kaffeestube, die dem Parkplatz gegenüberlag.

Frau B. lud mich ein. Es war ihr 61. Geburtstag. Als ich ihr zu diesem Anlass eine Blumenpflanze von gegenüber holen wollte, wehrte sie ab: „Lass ment! Das tut nicht not. Eine nette Unterhaltung ist mir ungleich wertvoller." Frau B. zeigte mir, dass sie in allem eine Landfrau geblieben war. Wie Leute ihres Milieus war sie ohne Anmerkung zum Du übergegangen.

„Weißt du, mein Mann ist nur wenig älter als ich, will aber noch weiterarbeiten, weil er zu wenig in die Rentenkasse einbezahlt hätte. Biste selbst schuld, sag ich ihm, dass du dir am Bau den Tod holen willst. Konnt'ste doch Bänker werden, wie Reiner, der Fiesling von nebenan. Klaus ist echt kaputt, wenn er von der Baustelle nach Hause kommt. Beim Essen trinkt er drei Flaschen Bier, schläft ein, und ich habe Malessen mit dem Kerl, ihn ins Bett zu kriegen.

Einmal habe ich ihn drangekriegt: ‚Mensch Klaus', bitte ich ihn, ‚könntest du für ein paar Minuten die Leiter halten, damit dein Susibaby nicht abstürzt? Weißt du denn nicht mehr, dass du mich so genannt hast, damals, als wir im Furlbachtal gezeltet haben? Wie du da rangegangen bist. Ich kann mir nur schwer vorstellen, dass du das warst.'

Ich zog mir eine Kittelschürze an. Darunter war ich nackt. Oben auf der Leiter wehte mitunter ein munteres Lüftchen, dass die Rockschöße zur Seite flogen. Ich band die längsten Brombeerranken fest und wollte runtersteigen. Er aber zeigte auf andere Ranken und die auch und die in der Mitte erst recht noch, konnte gar nicht genug davon kriegen.

‚Mensch Klaus', rief ich runter, ‚soll ich mir wegen der blöden Ranken die Meese verkühlen?'

Und abends die alte Melodie. Nach einigen Pullen Bier schnarchte er durch bis nach Mitternacht vor dem Fernsehen. War wohl nur ein schwaches Nachdieseln seines flüchtigen Eros.“

Mara – so hieß Frau B. mit Vornamen – bestellte Rotwein. Ich musste mich mit Wasser begnügen, wie es einerseits die Pflicht des Autofahrers erzwang und des Weiteren die Rolle des grenzenlos aufnahmebereiten Zuhörers mir abverlangte.

„Meine Kolleginnen hatten Wind davon bekommen, wie verarmt mein Liebesleben geworden war. Zur Verabschiedung vom Dienst schenkten sie mir ein Bündel Briefe, die auf eine Bekanntschaftsannonce eingekommen waren, die sie ohne mein Wissen ausgeheckt hatten: Schwarzhaariges Tigerweib sucht dich für ein Dschungelabenteuer. Zuschriften mit Bild genießen den Vorzug einschnurrender Umgarnung. Unter Chiffre Liane.

Das zog sie an, so wie Motten sich in die offene Flamme stürzen. Kannst du dir vorstellen, welche Sondierungsarbeit sie mir mit den 67 Zuschriften aufgehalst hatten? Die fehlerhaften Zuschriften und die auf einem unappetitlichen Wisch geschriebenen habe ich direkt erledigt. Es muss bei allem ordentlich und proper zugehen, darauf habe ich immer Wert gelegt. Einige der Herren Dschungelkämpfer kannte ich, aber ich habe mir nichts anmerken lassen.

Ich legte eine Rangordnung meiner Sympathien an. Mit weitem Abstand positionierte ich an der Spitze einen Fluglehrer. Ein feiner Mann, wie er so vor seinem Flugzeug stand, in eleganter Lederkleidung, das Haar blond und leicht gewellt. Sein Gesamteindruck strahlte Optimismus aus. Ich war hingerissen."

„Du erinnerst dich an den alten Schlager, Mara? Wenn eine alte Scheune brennt, da hilft kein Wasser mehr und keine Feuerwehr."

Wir summten die Melodie, den Text konnten wir nur bruchstückweise erinnern, so doch in der Hauptsache.

„Meinen Vorsprung an Wissen setzte ich so ein, dass wir wie zufällig miteinander bekannt wurden", fuhr Mara fort. „Es dauerte auch nicht lange, bis der Fisch anbiss. Er lud mich postwendend zu einer Wochenendtour nach Paris ein, in seinem Flugzeug. Den Start fand ich spannend, wie alles unter mit kleiner und kleiner wurde. Menschen wurden zu Ameisen.

Als wir die vorgeschriebene Höhe erreicht hatten, wie mir Hans erklärte, schaltete er den Autopilot ein und stieg zu mir herüber in den Rückraum des Flugzeugs. Ohne ein Wort der Annäherung fing er an, mich auszuziehen, legte sich auf mich und rammelte wie ein Bekloppter. Ich litt Todesängste, weil das Flugzeug beträchtliche Schwankungen auszuführen begann. Ich glaubte, wir stürzten ab, kalter Schweiß trat mir am ganzen Leib aus, ich wollte schreien, aber da war ja niemand, der mich hören konnte. Es begann in mir zu beten: Lieber Gott, bring diesen

Irren zur Vernunft. Ich möchte noch leben. Ich kam mir schäbig vor, in dieser heiklen Situation Gott anzuflehen, bin ich doch sonst keine allzu Fromme.

In Paris ging dann alles proper. Hans benahm sich wie ein Gentleman. ‚Zurück fahre ich mit dem Zug‘, sagte ich ihm klipp und klar, ‚wenn du nicht vorher abschwörst, dein grausames Spiel zu wiederholen.‘ Hans hielt Wort, und wir landeten sanft auf dem Flugplatz in Windelsbleiche.

Aufs Ganze betrachtet war es ganz prima mit dem Fluglehrer. Das dicke Ende nahte, als ich meiner Freundin und ihrem Mann von meiner Himmelfahrt nach Paris erzählen wollte, wenn auch nur andeutungsweise. Die lachten hell auf: ‚Was, mit dem? Der verschleißt Frauen wie am Fließband. Der ist bekannt wie Nachbars Stroppi!‘ Ich fühlte mich wie ein blindes Huhn."

Die Heiterkeit ihrer Freunde löste in mir ein Echo aus. Das flüsterte mir: Mara hat doch so wenig von einer Eromanin an sich wie eine Klofrau. Ihre Kleidung war eher farblos und verhüllte frauliche Attribute, die man an ihr eher vermuten durfte denn als Reize wahrnehmen konnte. Ihre Erlebnisberichte zeigten die Neigung, durch erotische Extravaganzen ihre Zuhörer zu überraschen. Sie konnte es genießen, wenn sie sich auf den Flügeln ihres Eros davontragen ließ. Ihr Redefluss duldete keine Unterbrechung und keine

Anmerkung in der Richtung, dass man sich gern ihren Übertreibungen hingab.

Es bohrte in mir eine Frage: Was ist los mit der Mara, die ihrem erotischen Wahn so leidenschaftlich gern ihre Worte leiht? Das von ihr häufig verwendete Wort ‚proper' setzte ich als Schlüsselwort an und konstatierte: Mara ist eine durchschnittliche Ehefrau, die die Erwartungen ihrer Familie erfüllt bis übererfüllt; gegen diese Rollenverschränkung sträubt sich ihr Erzähl-Ich, das sich in drastisch erotischen Erzählungen Luft zu verschaffen sucht, indem sie so erzählt, als ob es sich um ihre eigenen durchlebten Begebenheiten handle.

In meine Erwägungen jubelte es hinein: Ich hab's, ich hab ihr Unbekanntes begriffen, sie gleichsam mit meiner Begriffserfindung abgegriffen: Mara ist eine Verbal-Exhibitionistin! Ich weiß nicht, ob spürnasige Perversenforscher auf diesen Sex-Typus gestoßen sind. Die Funktion meines Begriffs ‚Verbal-Exhibitionistin' ökumenisierte weitschweifige Überlegungen auf die Spitze eines Aussichtsturms, für meine Zukunft als Menschenkenner: Sollte mir so eine wie Mara noch ein zweites Mal begegnen, kommt mir mein Begriff zur Hilfe, diesen Sachverhalt sofort zu erkennen.

Das Bad in der eigenen Gescheitheit war noch nicht beendet, da erfreuten mich Sätze aus einem eher schalkhaften Vortrag zur Sexualität des Menschen. Die besteht nach Meinung des Vortragenden aus einer Vielzahl von Abarten, im Extremfall so vieler, wie es Menschen gibt. Das heißt mit anderen Worten, jeder Mensch lebt seine eigene Perversität, nach außen hin bekennt er sich nur zu der von der Gesellschaft akzeptierten Form. Mit Ausnahme der Sexualforscher selber, wie sie den Rest der Menschheit glauben machen wollen. Klar wurde mir auch, dass jedes Individuum, das den Sinn dieses Wortes wert ist, sich dagegen wehrt, einem Begriff zugeordnet zu werden. Zuordnungen, strenger: Definitionen dessen, was das einmalige Leben angeht, werden als Griff der kalten Macht gespürt, obgleich sie sich menschenfreundlich tarnt.

Ich musste folglich sehr vorsichtig sein mit meinem einzigen Fall einer Verbal-Exhibitionistin umgehen, damit sie mir nicht auf den Hintersinn meines Interesses käme. Immerhin hatte ich mich so weit in ihr Wertempfinden eingeschlichen, dass sie mir den Charme eines alternden Playboys zugebilligt hatte.

„Die Uhr ist spät, ich muss aufbrechen, um Klaus das Abendessen zuzubereiten."

Mara rief die Bedienung und zahlte.

„Ich kann dich nach Hause fahren. Dann gewinnst du Zeit. Wer weiß, wann der Bus kommt."

„Eigentlich nicht nötig. Ich habe eine Monatsfahrkarte. Na wenn schon, dann nur unter einer Bedingung: Du musst mich an der Einbiegung zu meiner Wohnstraße rauslassen. Die Nachbarn zerreißen sich bereits ihre Lästermäuler über Gebühr. Mich haben sie zum Gesprächsstoff ihres erlebnisarmen Lebens auserkoren."

Diesmal war ich es, der bat, fast drängelte, die Begebenheit mit dem Schwiegersohn erzählt zu bekommen. Mara hatte sie mir als unglaublich vorenthalten – wie ich vermutete, auf Zeit. Sie hatte mir andeutungsweise zu verstehen gegeben, dass sie den Hintersinn meines Interesses an ihren Erzählungen enttarnt hätte. Also war Vorsicht geboten.

Im Spätherbst holte Mara ihre vorbestellten Himbeerpflanzen ab. Eine Neuzüchtung mit verbesserter Resistenz gegen Blattschädlinge, wie sie mir erklärte. In dem bekannten Café nahe der Baumschule plauderten wir über dampfende Tassen hinweg, was sich seit dem letzten Treffen ereignet hatte.

„Ja, ich erinnere mich, ich hatte es dir versprochen, von jener Nacht auf einem Parkplatz an der A 33 zu berichten. Ich käme leichter in Gang, wenn du mir einen Rotwein spendiertest."

„Dann auf dein Wohl, Mara, auf dass du mich aus meinem Erwartungskrampf lösen möchtest!"

„Wir fuhren also Sven, dem Mann meiner ältesten Tochter, hinterher. Meine Tochter ist eine rasante Fahrerin. Sie gab ordentlich Gas, um den Anschluss nicht zu verlieren. Svens Wagen fuhr auf die A 33 auf. Die stärkere Maschine zog mit ihm davon. Als er die Fahr verlangsamte und auf einen Parkplatz einbog, konnten wir aufschließen. Wir hielten uns auf Abstand.

Du wirst es nicht glauben, welches Bild sich uns darbot: Massen von jungen Leuten standen in Knubbeln zusammen, voll aufgeblendete Wagen fuhren hin und her, Musik dröhnte, wir hatten in dem Gewimmel keine Übersicht gewinnen können. Wir warteten ab, bis eine Parkbucht frei wurde. Und blieben im Wagen, bis wir uns überzeugt hatten, dass von dem chaotischen Treiben keine Gefahren ausgingen. Bald trauten wir uns, auszusteigen und eng umschlungen über den Platz zu spazieren. So viele Leute auf den Beinen, mitten in der Woche und fast schon Mitternacht!

Als wir bemerkten, dass auch Frauen dabei waren, die lachten und rumalberten, wurden wir mutiger. Wir näherten uns einer Versammlung von Leuten, die mit Taschenlampen in ein Auto leuchteten.

‚Drinnen wirkt heute ein Schaupärchen aus Bochum; die machen ihre Sache wirklich gut‘, ermutigte uns ein Mädchen, ihr zu folgen. Ein nacktes Paar zeigte sich in Stellungen, die aufreizend auf die Zuschauer wirken sollten. Sie wurden von vielen Taschenlampen der Umstehenden angeleuchtet. Manche Jungen fummelten sich mit der freien Hand am Hosenschlitz rum. Die wollen sich einen runterholen, dachte ich mir."

„Ja, bestimmt! Zu onanieren scheint der Hauptzweck der Übung gewesen zu sein", wagte ich ihre Darstellung zu ergänzen.

„Auch das! Das traue ich den alten Ferkeln glatt zu. ‚Schau genau hin', forderte ich meine Tochter auf, ‚sieht der Kopf, den die Schlampe zwischen ihren wabbeligen Oberschenkeln massiert, Sven ähnlich? Kannst du deinen Liebling irgendwo im Innenraum des Wagens erkennen? Nein? Dann haben wir hier nichts verloren und fahren heim. Und wenn Sven zugucken will, was macht's, er ist alt genug. Solange er Abstand hält und sich proper benimmt, bringt er keine Ansteckungen mit nach Hause.'

Dann und wann huschten Männer händchenhaltend über den Platz und verschwanden im Gebüsch. ‚Das sind die Homos', flüsterte mir meine Tochter zu.

‚Ohne deine Belehrung wäre ich nicht drauf gekommen', steckte ich ihr zurück.

Es ist spät geworden. Der Laden schließt in einigen Minuten. Das war's für heute!

Ich weiß, was du denkst: Die Alte spinnt wieder, und ihre erotischen Ausschweifungen sind darauf aus, Sumpfberührung zu melden. Doch die Realität ist anders und immer nur ungenau in unseren Worten präsentiert. Die kannst du durch überlegenes Grinsen nicht fortschummeln."

Mara wirkte noch hellwach. Ich nahm ihren Vorschlag an und fuhr mit ihr zu einem Speiselokal an der B 68.

„Mein Mann ist in Kur. Der war mit seinen Nerven am Ende."

Über Reden und Essen und Trinken – für Mara dürften es einige Glas Rotwein gewesen sein – war die Zeit auf 22 Uhr 30 vorgerückt.

„Ich denke, dann wollen wir mal. Weil heute Mittwoch ist und die tollen Hunde ihre Mondscheinattacken fahren."

„Und wohin möchte die Sittenpolizei gefahren werden?"

„Zur Realität, weil ich dein überlegenes Grinsen nicht länger aushalte."

Wir fuhren über die A 33 nach Norden. Und steuerten den ersten Parkplatz an. Nichts Auffälliges war zu entdecken, alles im Rahmen des Üblichen. Leute stiegen aus, gingen zum Toilettenhäuschen und setzten nach Verrichtung des Allzumenschlichen ihre Fahrt fort.

Wir fuhren den nächsten Parkplatz an. Hier bot sich einiges dar, was ich mir nicht erklären konnte. Autos standen mit laufendem Motor in einer Reihe, als ob die Fahrer auf ein Kommando zur Abfahrt warteten. Junge Männer gingen von Wagen zu Wagen und besprachen sich mit den Insassen. Neuankömmlinge spähten in alle Richtungen des Platzes und rasten dann wieder davon.

„Ich bin mir sicher", kommentierte Mara, „dass die ein Schaupärchen erwarteten oder auf ein Signal der Vorausfahrenden hin die gemeldete Position einer Schaustellung anfahren wollten."

Ich parkte den Wagen in Längsrichtung, um jederzeit abfahrbereit zu sein. Maras langes Haar zog die Blicke auf sich. Sollte man am Ende uns für das Schaupärchen halten?

Mara beugte sich nach vorn, den Kopf bis vor das Armaturenbrett. Sie hieß mich, ihr den Pullover hochzustreifen und den BH zu öffnen. Gab dann Anweisung, ihr den Rücken zu massieren, mit dem Hintern zu wackeln, um den Wagen in Schwingung zu versetzen.

In einem fort und mit steigender Erregung in der Stimme verlangte sie, ihr zu berichten: „Was ist draußen los? Tut sich was? Kommt jemand?"

„Es sieht danach aus. Ein junger Mann, fast noch ein Kind, nähert sich unserem Wagen und zieht den Hosenschlitz auf."

„Erzähl, was macht er weiter? Was machen die anderen?"

„Er holt seinen Kolben raus und tritt dicht an das Seitenfenster heran, gerade über dir, Mara, jetzt drückt er sein Ding gegen die Scheibe. Nein, Mara, erspar dir hinzugucken! Das sieht fies aus, wie ein zerdrücktes Stück Fleisch."

„Und die anderen? Was machen die?"

„Zwei nähern sich unentschlossen und spielen mit den Reißverschlüssen an ihren Hosen."

Indes kam ein Wagen frontal auf uns zugerast, aus verkehrter Richtung also, Fernlicht blendete uns und Bässe schreiender Musik brachten unseren Wagen zum Erzittern. Er kam Stoßstange an Stoßstange zum Stehen. Ein anderer Wagen fuhr unter Gebrauch von Licht- und Signalhupe dicht an uns vorüber.

Die Jungs zogen sich zurück. Mara steckte ihren Pullover in den Hosenbund und legte los: „Sind die heute alle verrückt geworden? Das hält kein Mensch aus. Komm, wir machen, dass wir hier wegkommen."

„Geht nicht, Mara. Hinter uns parkt ein Wagen so dicht auf, dass wir blockiert sind."

„Denen werde ich Bescheid stoßen!"

Mara stieg aus. Im Rückspiegel sah ich sie in der offenen Tür des hinteren Wagens stehen und heftig palavern. Sie kam nach einer Viertelstunde zurück:

„Dumme Blagen! Die konnten mich doch um den Schlüssel zum Haus bitten, in dem wir nun mal gemeinsam wohnen. Sie hatten mich doch rechtzeitig erkannt, meine jüngere Tochter und ihr Hajo. Stattdessen stehen sie hier herum und frieren sich den Ees ab."

Nachdem sie festgestellt hatten, dass Mamas Küche ohne Personal war, waren sie zum Essen gefahren. Auf der Heimfahrt entdeckten sie, dass sie den Hausschlüssel vergessen hatten. Sie wären daraufhin alle Kneipen und Restaurants abgefahren, in denen sie mich vermuteten. Vergeblich.

Beim Vorüberfahren auf der A 33 hätte Hajo Ulrike im Spaß aufgefordert, über diesen Parkplatz zu fahren. Und sie hatten mich erkannt und wagten es nicht, ihre Mutter um den Hausschlüssel zu bitten.

„Sind halt noch Kinder! Ich fuhr Ulrike etwas unsanft an: ‚Du bist doch nicht schüchtern erzogen worden! Ich hätte dir doch nicht den Kopf abgerissen, wenn du mich um den Schlüssel gebeten hättest!' Da hat sie treuherzig geantwortet: ‚Mama, wir wollten euch doch nicht stören.'"

Mara verabschiedete sich: „Bis die Tage mal!" und stieg zu ihren Kindern in den Wagen.

Auf der Heimfahrt überfiel mich der Gedanke: Deine so gewisse diagnostische Begriffskombination ist an der Realität zerbrochen. Mara mochte ein klein wenig von einer Verbal-Exhibitionistin an sich haben, aber sie stand noch zu hoch im Blut, als dass sie am Erzählen genug hatte. Sie meinte doch wohl, auf den Tummelplätzen

in der Senne auszusteigen, entspräche ihrer Neigung mehr, als von den Abenteuern der Jugend
zu träumen.

Wie die Feste fallen

Es war nach einer schweren Nacht, die den Repräsentanten des Schützenvereins äußerste Anstrengungen abverlangt hatte. Als Zivilist war ich zur Ehre des Königstisches gelangt, weil meine Schwägerin als Dame des Königsoffiziers das Privileg nutzte, enge Verwandte zum Königstische einladen zu dürfen, d. h. zum Montagmorgenfrühstück.

Diese Vorbemerkungen nehmen dem Königswort keinen Deut an Geltung. Und er sprach: „Nun legen wir mal alle die Teile auf den Tisch, die uns wehtun."

Mir schien, dass die Schützenkönigin die Aufforderung schon im Voraus verstanden hatte. Sie legte beide Beine auf den Tisch und streifte die Schuhe ab. Schwellungen und Druckstellen an den Füßen bestätigten jedermann ihre Beteuerung, sie hätte in der Nacht zuvor keinen Tanz ausgelassen.

Der König, wohl schon in den Sechzigern, breit gebaut wie ein Opernheld, nahm beide Zahnprothesen heraus und legte diese ebenfalls vor sich auf den Tisch.

Die mutigen Vorgaben spielten dem Königsoffizier ins Blatt. Er sprang vom Stuhl auf und löste den Hosenbund.

„Das verdammte Bruchband hat mich die ganze Nacht hindurch gezwickt!", rief er und griff hinein …

„Jetzt reicht's!", schrie der Zeremonienmeister. Er glaubte sich vehement an seine Amtspflichten erinnert. Es war zu spät, die ganze Salve von Anstand, Ordnung, Sitte, Vorbild, von Heimattreue und Glaube abzufeuern, die ihm üblicherweise flott von den Lippen sprühte. Er ging direkt zur Tagesordnung über: „Eure Kinder und Enkelkinder können jeden Augenblick den Saal betreten, um das Frühstück zu servieren. Wo bleibt Eure Würde, Ihr Honoratioren!"

Die Weisheit der Direktion hatte es so eingerichtet, dass Dr. Hoffmann sich als mein Tischnachbar vorstellte. Der war bis zu seiner Pensionierung Landarzt für die Region um Borchen gewesen.

Seit es in jedem Haus ein Telefon gab, kam der Landarzt häufig unausgeschlafen in seine Praxis. „Einmal", so begann Dr. Hoffmann seine Erzählung, „rief mich der alte Wilhelm aus Wewer mitten in der Nacht an: ,Herr Doktor, es geht mit mir zu Ende. Sie müssen sofort kommen!'

Ich griff meinen Koffer, der stets griffbereit in der Diele steht, und fuhr nach Wewer hinüber.

Der alte Wilhelm öffnete mir. Er wohnte allein in seinem Restkotten. Er stöhnte: ‚Herr Doktor, das ist das Ende!‘ Ich prüfte den Blutdruck: ‚Mann, Wilhelm! Um die Werte kann dich ein Vierzigjähriger beneiden.‘

Der Puls zeigte eine leicht erhöhte Frequenz.

‚Hast dich wohl etwas angestrengt, Wilhelm. Bist wohl wieder auf der Leiter rumgeturnt, um die Dachrinne zu säubern, was? Davon möchte ich dir dringend abraten. In deinem hohen Alter können spontane, doch vorübergehende Schwindelanfälle auftreten.‘

‚Viel schlimmer, Herr Doktor! Ich bin heute wie an jedem Sonntag, wenn es das Wetter zulässt, mit dem Fahrrad nach Alfen gefahren. Und bin wie immer glatt über den Buckel gekommen. Aber auf dem Rückweg von meiner Tochter versagten mir auf halber Anhöhe die Beine, die Luft blieb mir weg und es wurde mir flau vor Augen. Ich musste mein Rad bis zur Kuppe schieben, Herr Doktor. Erstmals in meinem Leben. Herr Doktor, das ist das Ende!‘

Wie ich Ihnen schon angedeutet hatte: wieder mal blinder Alarm. Der Wilhelm ist 89 Jahre alt geworden.

Unterhalten Sie bitte meine Frau für eine Weile. Ich muss mir Zigaretten ziehen und einen Spaziergang machen.“

„Herr Doktor Hoffmann, wissen Sie, dass Ihr Name im medizinischen Ratgeber von Radio

Eriwan erwähnt wurde?"

„Nein, erzählen Sie!"

„Radio Eriwan fragt: Kann man von Hoff-
manns Tropfen Kinder bekommen? Und ant-
wortet: Im Prinzip nein. Es sei denn, der Mann
hieße Hoffmann."

„Kann ich bestätigen. Dreifach sogar."

Als Dr. Hoffmann zurückkam, steckte er mir drei
Schachteln Zigaretten in die Rocktasche. „Soll
meine Frau nicht unnötig aufregen."

Wir haben inzwischen alle bekannten Mise-
ren mit Willenskraft und den guten Tropfen besiegt.

Als Schweiger bekannt, hatte ich nichts zur
Unterhaltung über die Gefahrenherde von
Krankheiten beigetragen und hatte mich der Erinnerung hingegeben, wie mir, damals 23 Jahre
alt, und meinem Freund Heinz, um zwei Jahre
jünger als ich, an einem Schützenfestmontag von
Alfen kommend just an diesem Buckel die Beine
durchsackten und wir unsere Fahrräder schieben
mussten. Wir wunderten uns zwar über unsere
mangelnde Kondition, aber längst nicht dem
Ende des Lebens nahe.

Solange nämlich Magda, unsere Studien-
freundin, bei ihren Eltern in Alfen wohnte, waren wir am Schützenfestsonntag dort zur Stelle.
Man nahm uns nur im Doppelpack wahr: Heinz-

Hermann ist auch schon da, raunte man sich zu.

Es dämmerte schon gegen Montag, als die Blaskapelle die Instrumente einpackte und der Festwirt den Ausschank für beendet erklärte. Mit Magda zwischen uns schlenderten wir ihrem Elternhaus zu. Dann und wann überholten wir ein heimkehrendes Paar. Stets die gleiche Konfiguration: eine stämmige Frau stützte, bisweilen schleppte, einen Grünrock, der mit hängendem Kopf in eine andere Welt hinüberzusegeln schien. Die frühe Stunde zeigte Teilnahme, und dem Morgen graute.

Der Wind hatte aufgefrischt. Magda platzierte uns unter der überdachten Terrasse ihres Hauses, schaltete eine Infrarot-Röhre an und warf uns Wolldecken zu. Sie ließ uns allein, weil sie in der Küche das Frühstück vorbereiten wollte. Heinz und ich wechselten kein Wort miteinander. Jeder lebte in dem Wohlgefühl, von allen Verpflichtungen befreit, rundherum gewärmt, ganz Gegenwart, in dem neuen Morgen einfach nur da zu sein.

Magdas Haus lag erhöht zu einer Parallelstraße, an die einige Bauernhöfe angrenzten. Vor unseren Augen begann sich ein Spektakel zu entrollen. Es brach lärmend in unsere Stille ein, die sich schon leicht zur Leere hin neigte.

Zwei Grünröcke, ohne Kopfbedeckung und mit offenem Jackett, schossen einen Fußball gegen das Deelentor ihres Hofes. Traf der Ball auf die Wand, drang ein dumpfer Knall zu unser herauf; prallte er von der Verbretterung des Deelentores ab, erreichte uns ein lärmendes Echo. Die beiden frühen Fußballer übten sich: Sie trafen immer häufiger das Tor. Krach auf Krach. Es hätten Vater und Sohn sein können. Dazwischen zeterte eine Frauenstimme. Das Krachen der Türbretter blieb davon unbeeindruckt.

„Vater und Sohn", kommentierte Magda, „der eine so versoffen wie der andere. Die Mutter muss die Wirtschaft in Gang halten."

Die ersten Kühe brüllten, das Krachen setzte sich fort, die Frauenstimme gellte aufgeregter, bis alle Kühe brüllten und Magda den Abhang hinunter schimpfte:

„Es ist Melkzeit! Die Kerle sollen die Tiere von der drückenden Last befreien!"

Bald legte sich der Lärm, auch die letzte Kuh verstummte. Noch herrlicher ist die Stille nach überstandenem Lärm und wenn einem ein Frühstück serviert wird, ohne seine Zuschauerposition ändern zu müssen, dachte Heinz-Hermann. Darüber brauchten sie sich nicht zu verständigen und auch nicht darüber, wessen Flamme Magda nun eigentlich war. Sowohl Heinz als auch Hermann glaubte, dass Magda für den jeweils anderen entflammt sei.

Die Frage „Kann ich dir helfen?" beantwortete sie stets mit „Habe ich schon erledigt". Heinz war etwas schmächtiger als ich. Er schätzte Magda auch als Tänzerin: „In Schwung bringen und einfach dranhängen", pflegte er anzumerken.

Als Magda nach ihrem Examen für das Lehramt an Volksschulen in einem Bergdorf des Hochsauerlandes verschwand, verliefen sich unsere Kontakte zu unserer Gastgeberin in dem weiten Feld aufregender Ereignisse, der Jugendzeit …

Eigentlich wollte ich meinen Erinnerungen nur erlauben, vom Versagen unserer wohltrainierten Beine am Berge zwischen Alfen und Wewer zu erzählen. Doch das Wort ‚Alfen' hat sich in mir zu einem Bilderbogen angesiedelt, der sich in stets neuen Folgen zu entrollen strebt.

Heinz-Hermann: eine glückliche und zugleich tragische Verbindung. Keiner von beiden sah sich veranlasst, zwischen den Festen freundschaftliche Verbindungen zu Magda zu pflegen, weil jeder vom anderen annahm, solches obliege dem Freund Magdas.

Moni und Manni

Man bräuchte sie nicht zu erfinden, diese beiden. Sie sind weder der Sonderart Gutmensch zuzurechnen, noch taugen sie dazu, einem moralisierenden Schreiber als Musterbeispiele der Boshaftigkeit zu dienen. Sie leben mitten unter uns und sind uns, trotz unserer Vorbehalte, zum Verwechseln ähnlich. Meine Sympathie pendelt von der Einen zum Anderen zurück. Folglich kann ich nicht Partei sein. Dennoch drängt es mich zu erzählen. Denn auch Antihelden vermögen die Weite des Menschenmöglichen zu dehnen.

Vereinsjahre gingen ins Land, Chinchillaschauen folgten Chinchillaschauen, Feste wurden fester gefeiert, junge ehrgeizige Kleintierzüchterinnen heizten die Atmosphäre im Verein an; und Monika wurde zur Kassenwartin des Vereins gewählt, in Nachfolge ihres verstorbenen Gatten Martin Iven, des Landwirtschaftsrats und Bundesverdienstkreuzträgers.

Zu einem Vereinstreffen tauchte Moni mit Manni auf:

„Manfred ist mein Lebensgefährte. Nennt ihn einfach Manni. Dann fällt er nicht aus dem Rahmen seiner Gewohnheit. Als Bauernsohn interessiert er sich für Angelegenheiten der Kleintierhaltung."

Ich war kurz zuvor in die Position des 1. Vorsitzenden katapultiert worden und kam nun in die Verlegenheit, Manni der Versammlung vorzustellen. Nicht zu übersehen war nämlich, wofür ich keine Worte finden konnte: Unser Gast war schwerstbehindert. Eine tiefe trichterförmige, blau vernarbte Wunde an der Stirn hatte sein Gesicht verunstaltet. Ferner veranlassten blaue Flecken um die Augen die Vermutung, Mannis unsicherer Gang könnte mit einer Erblindung zu tun haben.

In solcher Verlegenheit flüsterte ich Moni zu: „Dein Freund erscheint mir viel zu jung dafür zu sein, dass er als Versehrter aus dem Krieg heimgekommen wäre."

„Nein!", trompetete Moni heraus, „die Stirnverletzung und den Verlust des Augenlichtes hat der Held sich selbst beigebracht. Beim Gewehrreinigen! Dabei lernt doch jeder Jagdscheinbewerber in der ersten Kursstunde, dass die Waffe sofort nach Beendigung des Pirschganges zu entladen ist. Das weiß ich aus eigener Erfahrung. Ich musste derzeit leider meine Jägerprüfung abbrechen, als mein Mann schwer erkrankt war. Gottlob hat sein Freund, der Förster ist, Manni verboten, im Wald herumzuballern, weil er um die Beschädigung des Holzes fürchtet, nur den wirtschaftlichen Wert des Waldes sieht. Das muss man sich mal vorstellen, als ob sich nicht Spaziergänger in Begleitung von Kindern und Hunden dort aufhielten. Das Gewehr hat Manni abgeben müssen, aber nicht den Jagdschein. Auf was soll denn so einer jagen dürfen?"

Mir fiel auf, dass ein spöttisches Lachen im Unterton ihrer Rede sich Luft zu verschaffen drohte und in die Peinlichkeit ihres donnernden Lachens ausarten könnte. Manni indes verstand es, die Situation auf humorige Weise zu überspielen:

„Ich habe meine Lektion fürs Leben gelernt. Man schaut nicht in einen Gewehrlauf hinein, um sich zu vergewissern, ob eine Patrone im Lauf auf einen wartet."

Zum nächsten Wochenende kam Moni allein. Sie ließ sich die Gelegenheit nicht entgehen, von ihrem folgenschweren Disput mit ihrem Lebensgefährten zu berichten. Sie sei zu Manni ins Haus gezogen und habe als Bedingung die Zustimmung des Hausherrn gefordert, die Fenster samt Maueröffnungen auf eigene Kosten vergrößern zu lassen. Es sei nämlich in allen Räumen zu dunkel gewesen, so dass sie am Tage Licht hätte brennen müssen. Sie habe ihrem Freund mit Nachdruck klargemacht, solche Behausungen entsprächen nicht ihrem Bedarf an Tageslicht.

Aber Manni habe sich quergestellt. Er habe sein Haus mit den ehemaligen Kollegen vom Bauamt geplant, und die versicherten ihm, dass die Lichtverhältnisse in allen Räumen mit den Bauvorschriften übereinstimmten. Sie habe dagegengehalten, dass der Freund von Architekt das Honorar für den Rohbau nach Kubikmeter Mauerwerk abrechne und dass dabei Fensteröffnungen als Verluste zu Buche schlügen. So etwas sei nun mal üblich in der Branche.

Moni sei stur geblieben, habe die Experten vom Bauamt wie eine Argumentationswalze vor sich hergeschoben, sobald dieses Thema berührt worden sei. „Ich bewiese erneut, dass Frauen sich mit Vorliebe in Sachen einmischten, von denen sie nicht die blasseste Ahnung hätten. Da ging mit mir der Gaul durch. Wenn die Lichtverhältnisse in deiner Hütte mit behördlicher Billigung in Ordnung sein sollen, dann müsst ihr euch wohl gegenseitig in die Birne geballert haben. Anders kann ich mir solchen Blödsinn nicht erklären.

Nun, da bin ich wohl etwas zu weit gegangen. Das war für den armen Manni zu viel. Jedenfalls zog er sich nach jenem Disput kommentarlos zurück und seitdem wurde dieses Thema nicht mehr berührt.“

Wie jede Bosheit an Gewöhnung erlahmt, so arbeitete sich auch die Frage, ob Fenstergrößen zureichend sind oder nicht, an anderen Aufgaben ab, die das gemeinsame Leben an Moni und Manni zu stellen begann.

Manni kam wieder zu den Vereinstreffen. Wie üblich blieben wir beisammen und tauschten Neuigkeiten aus, wenn die Vereinsangelegenheiten erledigt waren. Moni setzte sich zu den Frauen, die sich über Musterbögen des dänischen Kreuzstichs beugten. Manni setzte sich zu uns an den Tisch und begann zu erzählen.

Um es vorwegzunehmen: Ich war erstaunt über seine Art, vergangene Ereignisse seines Lebens vor uns auszubreiten, als ob wir bei den Urereignissen zugegen gewesen wären:

„In einer harmonischen Stunde setzte ich mich zu Moni, um ihre äußere Gestalt zu ertasten. Ich begann mit den Haaren, glattes, zurückgekämmtes Haar. Welche Farbe, bitte, Moni? Hennarot, mein Lüstling! Es klang so erwartungsvoll. Also hennarotes Haar, anliegende Ohren, Wangenknochen gut bedeckt mit festem Fleisch, der Hals ebenmäßig. Dann die rechtwinkligen Übergänge zu den Schultern hin, so tasteten sich meine Hände abwärts.

Halt!, rief es da in mir. Manni, was bist du doch für ein Draufgänger! Jetzt bist du schon bei den Oberschenkeln. Das kann's doch nicht sein!

Noch mal von vorn! Also Haare wie gehabt, Hals ebenfalls, dann die Umschwünge zu den Schultern hin und weiter abwärts … Das begreife, wer will: Das müssen die Oberarme sein! Ich war geschockt und traute mich nicht, meine Hände weiter nach unten fühlen zu lassen."

Wir Zuhörer wussten nicht recht, ob wir uns amüsiert zeigen durften. Aus diesem Zweifel befreite uns Monis Positionswechsel. Sie kam zu uns herüber, und Manni ging zu denen, die sich Jagdgeschichten vorprahlten, wo Gelächter aufstieg ob der Bemerkung, bei der letzten Treibjagd hätte ein Kollege durch die Motorhaube seines Wagens gefeuert. Ein Blattschuss wie im Lehrbuch, kommentierte ein Dritter.

Routinemäßig wie stets verlief die nächste Jahreshauptversammlung. Die alten Chargen wurden ohne Gegenstimme wiedergewählt.

Und dann kam die Frage auf: „Was macht Manni?"

Die Befragte setzte sich in Positur: „Aufsässig ist der Kerl geworden! Und obszön! Erlaubt der sich doch, von meinen oberschenkeligen Oberarmen zu quatschen, in Wörtern, die ich nicht, ohne vor Abscheu zu erblassen, wiederholen könnte. Und das bei seiner Bildung! Das muss etwas in seinem Oberstübchen in Unordnung geraten sein. Spräche man sonst so herabwürdigend von seiner Wohltäterin?"

„Erzähl schon!", rief es.

„Also, Manni ist Frühaufsteher. Der Herr möchte schon um 8 Uhr am gedeckten Frühstückstisch sitzen und aus der Zeitung vorgelesen bekommen. Schließlich haben wir uns auf 9 Uhr geeinigt. Zu dieser für mich mitternächtlichen Zeit läuft immer dasselbe Zeremoniell ab. Ich lese ihm die tagesaktuelle erste Seite vor. Manni aber quengelt wie ein Kind. Ich solle zuerst die letzte Seite vorlesen, die Todesanzeigen, er müsse doch wissen, zu welchen Beerdigungen er sich bereitzumachen habe, es könnte sich auch um einen Vereinskameraden handeln. Manni ist nämlich ein unverbesserlicher Vereinsmensch: Schützenverein, Jagdgemeinschaft, Blindenorganisation und so endlos fort. Mir ist die vollständige Auflistung abhanden gekommen. Und ich halte stets dagegen, dass die Toten, die mich interessierten, auf der ersten Seite stünden.

Aber das kapiert der Kerl nicht. Jeden Morgen dasselbe Theater. Volksbühne schlechtesten Geschmacks.

Vor einigen Tagen konnte ich schlecht schlafen, was bei meinem Naturell sehr selten vorkommt. Ich war vor ihm auf den Beinen und habe Brötchen zum Frühstück geholt. Als ich heimkam, saß Manni bereits am Frühstückstisch. Ich reichte ihm ein Mohnbrötchen. ‚Manni, auf dem

Brötchen steht eine Geschichte in deiner Schrift, die ich nicht lesen kann. Jetzt bist du an der Reihe, mir vorzulesen.'

Manni befingerte die Mohnstreusel. Er verzog keine Miene. Und was denkt ihr euch? Der Kerl warf mit dem Brötchen nach mir! Das ist an und für sich nicht weiter schlimm; denn treffen kann er mich ja nicht. Aber geht man so mit seiner Wohltäterin um? So ein Dreckskerl!"

Es herbstete. Der Verein bereitete sich auf die jährliche offene Tierbewertung und Ausstellung vor. Die letzte Überprüfung stand an, damit alle Mitglieder den Anweisungen folgen könnten.

Zwischendrin fragte einer:

„Moni, wie geht es Manni?"

„Welcher Manni? Ich wohne wieder bei meinen Eltern."

Ruhrpott-Mix

Eine Nachbarschaftsgeschichte

„Jörg, dat wird nix!"

„Da kuck dir den Stussmann an!"

„Nee, nee, mein Lebtag wird dat nix!"

„Kannste einen drauf lassen. Und sagen lässt den sich auch nix."

„Nee, dä iss stur wie ne Straßenwalze."

„Wo kommt den eigentlich weck?"

„Von da drüben, vielleicht auch noch weiter in Richtung Väterchen Frost, wo se Fett noch mit ‚U' schreiben tun."

„Lass den Jungen man in Frieden seine Kartoffeln pflanzen, wie er dat inne Walachei gelernt hat."

„Klar doch, wem nich zu raten iss, iss auch nich zu helfen. Vielleicht isser nen Beamten und darf gar nix annehmen, nich mal Vernunft!"

So stänkerte die Gartenzaungilde, sich erheiternd und bald erhitzend, in dem Zwischenfeld von Sympathie mit dem neuen Nachbarn bis zu vorbehaltlicher Ablehnung, ein typischer Wortwechsel der Besserwisserei jener Menschen, an die, selber Neuling, ich mich zu gewöhnen bemühte.

Nun, wo funktioniert so Nachbarschaft? Habt ihr's erraten? Wo?

Richtig! Wo Gelsenkirchen und Wattenscheid Wand an Wand grenzen, freundschaftlich zusammengemauert …

Mit Ausnahme, wenn's um Fußball geht, wenn sich die Kneipen aufmotzen zu Diskussionsarenen und manchem Streithengst sich die Hand zur Faust ballt und immer noch friedlich auf den Tresen donnert, wie zum Auftakt von Schlimmerem. Dann kämpft der Wirt hinter der Theke stimmgewaltig um seine Oberhoheit und droht, die Anhänger, meistens von Blau-Weiß (Schalke), rauszuschmeißen.

Während mir die Ortsbestimmung durchs Gehirn zog, stampfte Jörg seine Bahnen hin und her oder rauf und runter, je nach Sichtlage des Beobachters. Den Drahtkorb mit den Pflanzkartoffeln in der linken Armbeuge, rammte er mit der Rechten den Spaten in den unkultivierten Boden. Das Spatenblatt erhielt zusätzlich einen kräftigen Tritt, damit die Schüppe gänzlich im Erdreich versank. Er bog den Spatenschaft hin und her, wechselte dann den Spaten in die freie linke Hand hinüber und entnahm mit der nun freien rechten Hand dem Korb eine Kartoffel, die er in das Pflanzloch fallen ließ. Mit dem linken Holzschuh schob der Pflanzer die lose Erde bei und mit dem rechten verschloss er das Erdloch. Dann schoben sich die Holzschuhe ca. 40 Zentimeter voran, und der Spaten sauste erneut in die Erde, die Hin- und Herbewegung vergrößerte das Pflanzloch, der Spaten wechselte in die linke Haltehand, die rechte griff eine Kartoffel und versenkte diese im Loch. Zuscharren und Anstampfen, die Vorwärtsbewegung – immer wieder im gekonnten Rhythmus zog der Kartoffelpflanzer im Einmann-Betrieb seine Bahnen über das Gartenland. Und schneller, als ich das in Worte fassen kann, nahm die Pflanzung Reihe um Reihe zu, wobei sich der Berichterstatter des schönenden Wortes schämen musste, als nach 14 Tagen sich erste Keimblätter emporquälten. Und Jörg vermied es, den spöttischen Blicken der Gartenzaungilde zu begegnen.

Wir, meine Frau und ich, hatten Gisela und Jörg durch eine Briefkastenwerbung kennengelernt: „Das Tankstellenpächterpaar eröffnet unweit ihrer Wohnung eine Tankgelegenheit mit vollem Serviceangebot. Die ersten 20 Besucher erhalten eine Autowäsche gratis."

Gisela, die Gattin des Tankstellenpächters, erwies sich als ebenso redselig wie meine Frau Renate, die aus der Pfalz ins Ruhrgebiet gewechselt war, ganz so, als ob sich das Sprichwort unserer Alten bewahrheiten sollte: Wo die Liebe hinfällt, da bleibt sie liegen, und wenn es auf einem Misthaufen ist.

Gisela stammte aus Grevesmühlen, einer Stadt in der DDR an der Grenze zum Westen. Heimwehwund, wie sie war, hoffte sie einen Kunden zu treffen, der wie sie aus jener Grenzgegend nahe der Lübecker Bucht herübergekommen war. Wenn ihr etwas querkam, seufzte sie: sobald sich die innerdeutsche Grenze öffnet, bin ich die Erste, die nach Hause fährt.

Mir gestand sie in einer schwachen Stunde, dass sie in den Westen gekommen wären, weil Jörg sich immer mehr in Schwierigkeiten verstrickt hätte, weil er sich weigerte, einem FDJ-Verband beizutreten. Seinen Arbeitsplatz hätte man ihm entziehen wollen.

„Nach unserem abenteuerlichen Grenzübertritt im Grünland zwischen Grevesmühlen und Boltenhagen wurden wir von Grenzwachen auf westlicher Seite begrüßt: Willkommen in der Bundesrepublik Deutschland! Darf ich Sie zur Ausweiskontrolle bitten? Und mein Jörg, so blöd wie selten zuvor, hatte seinen Ausweis vergessen. Der Diensthabende bot uns an, ein provisorisches Dokument auszustellen. Ich schaltete blitzschnell und nahm die Gelegenheit wahr, meinem Otto, so hieß er zu DDR-Zeiten, Ausweisdaten zu besorgen, mit denen er sich im Westen als Autoschlosser bewerben könnte. Familienname, bitte!

Sems. Und der Vorname: Jörg. Geboren in Berlin.

Das sehen Sie doch selbst ein, dass ein Otto Sems, geboren in Kamienka, in einem verlassenen Ort in Polen, früher Ostpreußen, und dazu noch jugendlich, in Westdeutschland kaum eine Chance gehabt hätte, eine Anstellung zu bekommen. Um zwei Jahre habe ich sein Alter heraufgesetzt, wegen der Berufserfahrung. Und was glauben Sie? Ich hatte Erfolg. Nur nach kurzer Wartezeit erhielt mein Jörg eine Anstellung in einer Kfz-Werkstatt, die Edelkarossen betreut. Zunächst in der Pkw-Abteilung, dann wechselte er zur Lkw-Abteilung, wegen seiner groben Arbeitsweise. Jörg war anerkannt und gut gelitten, bis eines Tages ein Gewerkschaftsfunktionär auftauchte und meinem ahnungslosen Jörg zwei Mitgliedsanträge vorlegte, den einen zur Aufnahme in die Gewerkschaft, den anderen zur Aufnahme in die SPD.

Zwei Mitgliedsbeiträge bei seinem geringen Lohn, so ging es meinem Mann durch den Kopf. Nein, ob der Herr Funktionär nicht das Wort Solidarität buchstabieren könne. Es wäre seit Urzeiten Usus, die zwei Lanzen im Kampf für Besserstellung der Arbeitnehmerschaft zu führen, die Gewerkschaft betreue den Arbeiter vor Ort, die SPD streite für eine arbeiterfreundliche Politik in ganz Deutschland. Da dürfe sich keiner ausschließen. An der zweifachen Absicherung käme er, der Jörg Sems, auch nicht vorbei.

Mein Mann verlegte sich aufs Klagen, der geringe Lohn, die Kosten für die Gründung eines familiengerechten Heims, ein drittes Kind wäre unterwegs, die Frau könne nicht zuverdienen, so forderten bittende Worte wüste Ablehnungen heraus und ein Handgemenge eine saftige Klopperei. Und mein Jörg hat mit seinen Fäusten eine Menge aufzubieten. Aber mit den Konsequenzen stand er allein da. Zudem soll Jörg gebrüllt haben: Hör zu, du Schmarotzer, was du im Kopf hast, hab ich im Arsch.

Natürlich blieb eine Abmahnung nicht aus. Und Jörg war seitdem der Gebranntmarkte.

Und stellen Sie sich vor, wenige Wochen später drohte eine weitere Abmahnung über Jörg herzufallen und damit der Rausschmiss. Sie erlauben doch, ich fasse die Begebenheit nur kurz zusammen: Eines Morgens betrat ein Mitarbeiter freudestrahlend den Sozialraum und verkündete: Heute mache ich um 11 Feierabend, weil ich zur Trauung meiner Tochter zur Kapelle in Diepel fahren muss. Da müsst ihr ohne mich zurechtkommen mit den versauten Klamotten der Bundeswehr, die bei uns Manöverschäden an ihren Lastwagen schnellstens reparieren lassen will.

Als nun der Großtuer unter der Dusche stand, hat man ihm das Fahrrad an einem Schraubstock festgeschweißt. Und mein Mann geriet sofort in den Verdacht, den Blödsinn begangen zu haben. Aber der Dussel hat die Bemerkung in die Welt gesetzt, er habe einen gesehen, der sich am Schraubstock mit Fahrrad und Schweißgerät zu schaffen gemacht hätte. Aber er verriete keinen Arbeitskameraden; das wäre er seiner Auffassung von Kameradschaft schuldig.

Um dem zu erwartenden Rausschmiss zuvorzukommen, haben wir beschlossen, uns selbstständig zu machen. Und pachteten eine Tankstelle."

Und das Geschäft lief prächtig an, wie auch Giselas Erzähllaune Auftrieb erhielt.

Bis heute kann ich Gisela nicht vergessen, diese klein gewachsene Frau mit den langen schwarzen Haaren, die ein hübsches Gesicht einrahmten, und erst die lebendigen Augen! Die vor Liebreiz verlockend lächeln und unversehens Zornesblitze ausstoßen konnten. Ich hörte sie gern von Kindheit und Jugend in Grevesmühlen an der Ostsee erzählen, so dass ganz sacht, mir derzeit noch unbewusst, der Wunsch heranwuchs, den Ort zu besuchen. Jahre später nach der Grenzöffnung erfüllten wir uns den Wunsch und erkundigten uns nach dieser Gisela Sems. Bald mussten wir uns die Vergeblichkeit des Ansinnens eingestehen. Giselas waren im Ort Grevesmühlen vielfach bekannt, aber eine mit dem

Zunamen Sems war unbekannt. Wir hatten versäumt, Gisela Sems nach ihrem Mädchennamen zu fragen.

Was ist nun dran an dieser Gisela, deren Erzählerinnen-Mund wahrscheinlich von Erde verstopft worden ist, sich in meine Erzählung vom Kartoffelpflanzer Jörg nicht nur einmischt, sondern auch abzubrechen droht? So makellos war sie auch nicht, die leicht lispelte und Zucker in den Weißwein rührte, weil der ihr sauer aufgestoßen war. Auch Erinnerungen wollen diszipliniert werden, alles der Reihe nach, wenigstens so, wie die Kartoffeln von Jörg sich reihen mussten.

Nun denn! Jörg gestand mir später, die Miesschiele der Zaunnachbarn habe ihm doch mehr, als er sich eingestehen mochte, zu schaffen gemacht. Aber er habe zu guter Letzt den Spieß umdrehen können. In dunklen Regennächten habe er mehrfach Kunstdünger in die Huchte gestreut. Die wären prächtig ins Kraut geschossen, auch die Knollenbildung wäre bestens ausgefallen.

An einem sonnigen Spätsommertag habe er die Knollen ausgegraben und zum Trocknen auf dem Land ausgebreitet, weil ein Teil davon für die Einkellerung vorgesehen war. Nur einer der miesepetrigen Nachbarn habe sich die Bemerkung abgerungen: Prachtvolle Ernte, Jörg, mehr, als man erwarten durfte.

„Aber dabei ließ ich es nicht bewenden", fuhr er fort, „ich kaufte einige Säcke Kartoffeln ähnlicher Sorte und habe diese, ungesehen natürlich, meinen Knollen beigemischt. Der Boden war nun gut bedeckt mit den leuchtenden Früchten. Zwar kam kein Echo über den Zaun zu uns herüber, aber ich hatte meinen heimlichen Spaß und eine wohlige Genugtuung erfüllte mich, und ich ließ die Nachbarn Nachbarn sein und Sems Sems sein. Das ist mir eine tragfähige Grundlage für Frieden über alle Zäune und besserwissende Zaungaffer hinweg."

Wenn ein Kind die Familie erweitert, beginnt die Zeit schneller zu laufen. Wir hatten die Sems aus den Augen verloren. Die Tankstelle hatten sie aufgegeben, weil, so munkelte man, der Bierverkauf den Umsatz an Benzin überholt hatte. Bei unserer ersten Ausfahrt mit dem Söhnchen im Sportkinderwagen trafen wir Familie Sems, nun fünfköpfig. Sie hätten in einer Kleingartenanlage eine Parzelle gepachtet. Eine Einladung zur Besichtigung der kinderfreundlichen Anlage blieb nicht aus.

Schon bei den ersten, eher abtastenden Fragen, wo habt ihr euch so lange versteckt, wo seid ihr abgeblieben, und in nicht endender Reihung fort, bemerkte ich auf Jörgs Gesicht ein Zusammenwirken von Lächeln und vergnügter Anspannung, das mir ankündigte, er möchte uns etwas erzählen, wie erwartet von einer Begebenheit, die die Schattenseite der Idylle beleuchten dürfte. Ich konnte seine Erleichterung mitfühlen, als er endlich zu Wort kam. Also begann er:

„Nach einer Begehung der Gärten durch Vorstandsmitglieder des Vereins wurde ich aufgefordert, unsere Parzelle von Unkraut zu säubern, weil sich Pächter von Nachbarparzellen beklagt hätten, Unkrautsamen wehe von der Parzelle Sems herüber und verunreinige ihre Pflanzbeete. Daraufhin habe ich" – und Jörgs Gesicht strahlte vor Vergnügen – „die fraglichen Nachbargärten inspiziert und festgestellt, dass manche Garteneigner Zwergrosen an Rankgestellen hochgebunden hatten.

Um Chancengleichheit zu wahren, habe ich mein üppig wucherndes Franzosenkraut an Rankhilfen aufgerichtet und eine Eingabe an den Vorstand geschickt: Wie die Nachbarn ihre Rosen lieben, was ich ihnen keinesfalls missgönne, liebe ich mein gelb blühendes Franzosenkraut über alles. Ich fordere Gleichbehandlung. Wenn die klagenden Nachbarn bereit sind, ihre Zwergrosen auszureißen, werde ich im Gegenzug mich von meinem Franzosenkraut trennen.

Ich habe zu Ihrer Entscheidungsfindung Rechtshilfe bei einem Juristen eingeholt und folgende Auskunft erhalten: Als Unkräuter seien unwillkommene Beikräuter zu bezeichnen, die zwischen Kultur- und Nutzpflanzen aufwüchsen.

Bitte, beachten Sie, meine Herren: der Garten Sems ist als Spielgarten angelegt und wird dementsprechend genutzt. Wo keine Kulturen wachsen, kann es keine Unkräuter geben. In freundschaftlicher Verbundenheit, Ihr Jörg Sems."

Jörg lachte mit seinem breiten sommersprossigen Gesicht und schlug sich auf die Oberschenkel: „Jetzt haben die Gipsköppe zur Vollversammlung aller Parzelleneigner geladen, um über Satzungsfragen zu diskutieren. Ich werde nicht hingehen, sondern nutze die Zeit, um mit meinen Kindern einen Parcours zu bauen, weil sie so gern Springreiten spielen."

Ein Einfamilienhaus lockte uns nach Paderborn. Der Kontakt zu den Sems riss ab. Ich bedauere das sehr. Die Tankstelle ist inzwischen ausgelagert, die Kleingartenanlage unter einem Gewerbegebiet verschollen.

Nur meine Erinnerungen sind unzerstörbar. Unter dem Geröll von Vergangenem bleiben seltsame Nachbarschaftsbeziehungen lebendig.

Mama holt ihre Kindheit nach

Ein Telefon-Dialog zwischen Mark, 10 Jahre alt, und einem Freund von Mama, 10 Jahre älter als sie

„Hallo Mark! Ich hatte dich heute zum Schachspiel erwartet. Was ist los mit dir? Warum rufst du nicht an, um abzusagen?"

„Mama sagt, wir haben kein Geld. Sie hat auch den Telefonanschluss gekündigt. Sie hat mir seit drei Monaten kein Taschengeld geben können. Ich bin total blank. Von einer öffentlichen Fernsprechzelle anzurufen, nun ja, du weißt schon."

„Hast du etwas ausgefressen, dass Mam dir dein Taschengeld hat streichen müssen?"

„Nein, überhaupt nicht die Bohne! Mama hat für unser ganzes Geld Spiele gekauft. Du weißt hoffentlich, dass Spiele teuer sind, wenn man eine große Menge davon kauft."

„Ich verstehe nicht recht. Was für Spiele meinst du?"

„Brettspiele und Kartenspiele, jede Menge. Und Shogun, Scrabble, Kartenquartette und so einen Kinderkram."

„Wieso Kinderkram? Ich beginne deine Mama toll zu finden, weil sie endlich Ernst damit macht, statt nur aufs Fernsehen zu schimpfen, mit dir spielen zu wollen."

„Nicht doch! Mama spielt für sich allein. Mir hat sie einige DVDs und zwei ganz klasse Computerspiele gekauft. Du musst unbedingt mal vorbeikommen! Die U-Boot-Jagden kann man doch spannender zu zweit spielen."

„Bist du traurig darüber, dass Mama dich nicht mitspielen lässt?"

„Iwo! Der Babykram interessiert mich nicht mehr. Bin riesig froh darüber, dass ich nicht mitmachen muss. Das ist ganz gut so gelöst. Jeder hat seinen eigenen Bereich zum Spielen. Wir kommen seitdem prima miteinander aus."

„Mark, was meinst du, wann kann ich deine Mama wieder am Telefon erreichen? In einer Spielpause vielleicht?"

„Schwer zu sagen. Ihr Psychologe hat ihr geraten, sie solle ihre Kindheit nachholen. Ganz intensiv. Danach würde sich die Barriere in ihr auflösen und sie könnte wieder mit Papa und Oma reden."

„Redet sie denn mit dir?"

„Nicht mehr. Sie schreibt mir Briefe."

„Und du?"

„Ich antworte ihr natürlich, wie ich immer mit ihr geredet habe. Papa ist wegen der Therapie ausgezogen. Er sagt, es wäre besser so. Mama brauche Ruhe und viel Zeit für sich."

„Zum Spielen?"

„Ja, was sonst? Sie muss spielen, damit sie wieder gesund wird."

„Verrätst du mir, Mark, was deine Mama im Augenblick spielt?"

„Seit drei Tagen liest sie ununterbrochen. Sie hat einen Packen Bücher gekauft, damit es ihr bei der Überfahrt nicht langweilig wird. Sagt Mama."

„Wie soll ich das nun wieder verstehen? Deine Mama plant, eine Seereise zu machen?"

„Sie ist mit der Kon-Tiki unterwegs und liest Thor Heyerdals Buch. Als sie Kind gewesen ist, hat sie den Küchentisch nicht als Floß benutzen dürfen. Jetzt muss sie das tun, sagt Mama."

„Wie lange wird ihre Floßfahrt dauern? Was schätzt du?"

„Bis sie das Buch fertig gelesen hat."

„Mama sitzt also auf dem Küchentisch und liest Kon-Tiki. Und solange die Lektüre hinreicht, wird sie kein Essen für euch auf den Tisch stellen?"

„Nein doch! Mama sitzt im Tisch und liest. Sie sitzt auf einer Fußbank im Tisch. Sie hat den Tisch umgedreht, damit die Tischplatte auf dem Wasser schwimmt. An einem Bein des Tisches hat sie den Besenstiel angebunden. Anstelle der Bürste sitzt dort ihr Waschlappen, der hellrote mit dem blauen Bären, den ihr ihr Papa früher geschenkt hatte. Seit Opas Tod hält sie den für ein sehr wichtiges Erinnerungsstück. Ihr Kinderwaschlappen dient ihr als Flagge und als Segel in einem."

„Ich beginne mir Sorgen zu machen, Mark. Wer gibt Mama zu essen, solange sie auf See ist? Und dir? Kannst du etwas kochen?"

„Ich koche nur zum Wochenende oder in den Ferien. Fast immer Miracoli. Das geht einfach und schmeckt super."

„Schmeckt das deiner Mama auch so gut?"

„Nein, natürlich nicht. Auf der Kon-Tiki leben sie von Fischen. Sie ziehen ständig ein Schleppnetz hinter sich her und fangen Fisch im Überfluss."

„Wer besorgt Mama nun den Fisch, solange sie im Küchentisch unterwegs ist?"

„Mama hat ihr Einkaufsnetz an ihrem Floß befestigt."

„Und du legst ihr heimlich den Fisch hinein? Geräuchert oder in Dosen? Ich stelle mir vor, dass sie auf der Kon-Tiki keinen Herd haben."

„Nein doch! Mama hat das Netz vor ihrer Abreise gefüllt mit Schokoriegeln, Nougatpralinen, Brausepulver, Schokonüssen, Salzlakritzen und allem Zeug, was ihr als Kind verboten gewesen ist. Sie hätte sich ‚proviantisiert'. Hast du das Wort schon einmal gehört?"

„Nahrungsmittel und Wasser an Bord neh-

111

men heißt in der Seefahrt ‚proviantieren'. Aber hör mir mal gut zu, Mark. Müssen wir uns Sorgen machen, dass Mama sich zu weit in ihre Kindheit zurückbewegt?"

„Wie meinst du das?"

„Sie durchreist zurzeit ihre Mädchenzeit. Wenn sie in Richtung Lebensanfang unterwegs ist, dann gelangt sie in die Jahre von Grundschule und Kindergarten, und noch weiter zurück trifft sie das Kleinkind und dann das Baby, das sie einst gewesen ist, bis sie schließlich – ich weiß nicht, wie ich dir das sagen kann – bis sie schließlich in den Schoß ihrer Mutter zurückkriecht. Und wieder von der Welt wäre. Der Gedanke macht mich grauen."

„Das war aber echt daneben von dir, du solltest beim Schach bleiben. Von Psychologie hast du keine Ahnung."

„Mag wohl sein, Mark. Keine Aufregung wegen meiner Gedankenstürze. Aber bitte deine Mama herzlich, sie möge mir eine Flaschenpost senden."

„Das ist zu umständlich und unpassend obendrein. Thor Heyerdal hat sofort nach seiner Landung in Polynesien seine Frau und seine Freunde in Norwegen angerufen. Das wird Mama ganz bestimmt so machen."

„Wann darf ich wohl damit rechnen?"

„Ich schätze, sie hat noch gut 200 Seiten im

Buch zurückzulegen."

„Na, dann bin ich aber beruhigt. Schiff ahoi, Mama! Oder wie ruft man einer Floßfahrerin zu?"

Bei 180 pfeift mein Schiebedach

Eine marineblaue Limousine rollte gemächlich, ihrer Würde bewusst, auf den Werkstatthof. Herr Haber, der Werkstattleiter, war gerade dabei, Reparaturbögen mittels Magnetklötzen auf den Autodächern zu verteilen, als der Wagenschlag sich öffnete und weißes Kernleder der Innenausstattung sichtbar wurde. Und heraus stieg Professor Dr. Hinrichsen.

Haber und Hinrichsen begrüßten sich wie alte Bekannte:

„Na, Professorchen, zufrieden mit dem Gefährt? Ist doch etwas anderes als das alte Möhrchen, das wir in Zahlung genommen haben!"

„Oh ja! Meiner vollen Zufriedenheit tut nur eine Winzigkeit Abbruch: Bei 180 pfeift das Schiebedach. Die Sache abzustellen fällt doch in Ihr Garantieversprechen? Sie müssen wissen, das Geräusch stört mich sehr, wenn ich in die Schweiz fahre zu Ärztekongressen, wo ich meine Erkenntnisse über die Entstehung von Herzrhythmusstörungen referieren darf. Wie sagt man heute doch so treffend: Das ist einfach nervig!"

„Das wird sofort erledigt, Herr Professor Hinrichsen; unser Spezialist für Karosseriebau ist aus dem Urlaub zurück und wartet auf den ersten Auftrag."

Haber schrieb den Reparaturauftrag und gab Order: „Den Wagen von Professor Hinrichsen in die Werkstatthalle 3 fahren. Und achtet mir darauf, Schonbezüge auf die Sitze zu legen, und streift euch Plastiküberschuhe über eure Werkstatttreter!"

Dann wandte er sich dem Kunden zu:

„Sie wollen gewiss gefahren werden, Herr Professor?"

„Ja gern. In die Stadt bitte!"

Es dauerte eine knappe Viertelstunde und der Wagen wurde zu den abholbaren Fahrzeugen gefahren. Professor Hinrichsen hatte schon darauf gewartet, im Foyer der Firma, bei Kaffeegenuss und Zeitungslektüre.

Der Werkstattleiter ließ sich berichten.

„Meiner Ansicht nach", raportierte der Karosseriespezialist Wilshofen, „war kein Fehler am Elektromotor und am Schalter auf der Mittelkonsole zu finden; es fehlte ein wenig an Schmiermittel in den Schienen und an den Hebeln, was den optimalen Andruck der Dachschiebeplatte an den Dachausschnitt beeinträchtigte. Ich habe eine feine Staubschicht von Graphit aufgetragen. Der Schließvorgang funktioniert einwandfrei. Und zudem auch wasserdicht. Die Dichtigkeit habe ich mittels eines Wasserdruckschlauches überprüft."

„Exzellent, Wilshofen, exzellent!"

Das Frühjahr zog sich hin; der Winter war zu mild gewesen, aus Sicht der Reparaturwerkstätten. Nur Professor Hinrichsen gesellte sich zum festen Kundenstamm, mit zunehmender Verstimmung, weil das Schiebedach an seinem neuen Wagen immer noch ab Tempo 180 zu pfeifen begann. Die Missstimmung steigerte sich bis zu dem Grad, dass der Anlass dazu die humorige Floskel ausgelöst hatte, wenn ein Ausdruck der verständnislosen Verwunderung angebracht war:

„Ich glaube, mein Schiebedach pfeift", murmelte inzwischen schon der jüngste Auszubildende vor sich hin, wenn ihm ein technischer Zusammenhang unverständlich blieb.

Professor Dr. Hinrichsen trat nun energischer auf, formulierte mit hörbarer Schärfe in der Stimme seine Forderungen und ließ durchblicken, was er von der Fachwerkstatt für Edelkarossen zu halten gedenke.

„Wilshofen!", brüllte Haber über den Hof, „erledigen Sie endlich den Reparaturauftrag Professor Hinrichsen! Sie sind der Spezialist für Karosserieschäden und werden dafür bezahlt. Ist das klar?"

Wilshofen beeilte sich mit einem Vorschlag zu Haber rüberzukommen: „Ich kann nur dann etwas erreichen, wenn uns der Wagen für ein Wochenende zur Verfügung steht. Wann kann man 180 und schneller im Dauertest auf unserer Autobahn fahren, abgesehen von den frühen Sonntagmorgenstunden? Am stehenden Fahrzeug etwas zu verändern, nein, da bin ich mit meinem Latein am Ende."

Haber musste den Chef der Firma ‚Edelkarossen aller Art' aufsuchen, um mit dessen Autorität Wilshofen und einen Fahrer für den kommenden Sonntag zu motivieren, das Schiebedach am Professor Hinrichsens Wagen zu überprüfen. Sie fuhren den Wagen mit Tempo 180 bis 220 und glaubten, am Sitz des Dachausschnittes etwas entdeckt zu haben.

Das bewegliche Dach überragte um 1 bis 1 ½ Millimeter die Karosserie, bildete also bei höherer Geschwindigkeit so viel an Windwiderstand, dass sich in das normale Fahrgeräusch ein Pfeifton mischte. Sie veränderten den Sitz des Schiebedachs entsprechend und waren sich sicher, den anspruchsvollen Kunden zufriedengestellt zu haben.

Doch dieses Mal kam es nicht nur anders, sondern auch dicker als je zuvor: Professor Dr. med. Hinrichsen stürmte durch das Foyer direkt auf die Rezeption los. Bevor er nach seinen Wünschen gefragt werden konnte, polterte er seine Beschwerden heraus, die er an die Generalvertretung in Deutschland, in Europa, ja bis zum Werk selbst und dort direkt dem Entwicklungsbüro vorzutragen beabsichtige. Der Schlamperei müsse ein Riegel vorgeschoben werden. Endgültig! Er hätte schließlich für den Wagen mehr bezahlt, als ein Jahresgehalt ausmachte.

‚Bei mir reichen fünf nicht', dachte der Werkstattleiter, der hinzugetreten war, um den Professor in ein Gespräch zu verwickeln und bestenfalls zu besänftigen: „Herr Professor, ich will nicht von Ihrem berechtigten Ärger ablenken, aber erlaube mir anzumerken, dass Rasen mit 180 und mehr Herz und Kreislauf des Fahrers strapazieren, kurz: Es kann zu Ausfällen der Konzentration kommen. Eine häufige Unfallursache sei im zu schnellen Fahren zu sehen; so jedenfalls sieht es ein Polizeiarzt."

„Halbbackenes Zeug, Haber! Mir läge sehr daran, Sie könnten den seit 6 Wochen reklamierten Fehler beseitigen lassen."

Doch Haber ließ sich nicht abschütteln: „Bedenken Sie doch, Professor Hinrichsen, welchem Risiko Sie sich aussetzen, wenn Sie mit 180 und mehr runter in die Schweiz brettern. Dann ist laut Tabelle des ADAC die Pulsfrequenz auf 120 gestiegen und der diastolische Blutdruck auf 200. Und beachten Sie: Ab 180 steigen die Werte rasant an, nicht mehr linear, sondern schießen geradezu in die Höhe. Die Blutdruckwerte und der Pulsschlag haben dann die 180 km/h elegant überholt, der diastolische Wert kann die 220 nicht mehr halten. Und Sie wissen zu gut, was dann dem Fahrer passieren kann. Herzrhythmusstörungen können die hartnäckige Folge sein. Herr Professor, lassen Sie sich mal ein Speichergerät von Ihrer Assistentin umhängen und tragen den Speicher während Ihrer Raserei. Sie werden feststellen, dass Ihr Kopfschütteln unberechtigt ist."

Professor Dr. med. Hinrichsen war nahe daran, die Fassung zu verlieren.

„Haber, Sie halten mir einen medizinischen Vortrag, statt Ihre Unfähigkeit anzuerkennen, dass Sie als Werkstattleiter Ihre Mitarbeiter nicht bewegen konnten, einen einfachen Garantieschaden zu beheben! Das wird nicht ohne Folgen bleiben, Haber! Besseres Wissen um die Fahrzeuge, die Ihre Firma vertreibt, statt medizinischen Humbug! Das schickte sich besser für einen, der sich Werkstattleiter nennt!"

Professor Hinrichsens grimmiger Ton ließ ahnen, dass das Ende bevorstand.

Haber ging einen Schritt auf den Professor zu, beugte sich vertrauensvoll vor und sprach in gedämpftem Tonfall: „Im Vertrauen, mal ganz unter uns: Ist Ihnen noch niemals ein Patient verstorben, Herr Professor?"

Professor Dr. med. Hinrichsen stieß Haber von sich und strebte grußlos zur Ausgangstür auf die marineblaue Limousine zu, die im Hof fahrbereit stand. Der Türschlag knallte, Reifen jaulten auf, Gestank von Gummi verbreitete sich.

In diesem Moment war jedem klar, dass die Firma ‚Edelkarossen aller Art' einen anhänglichen Kunden verloren hatte. Im Tor zur Werkshalle 3 stand der Jüngste der Auszubildenden und kaute an seinem Pausenbrot. Kopfschüttelnd murmelte er vor sich hin: „Ich glaube, mein Schiebedach pfeift."

Man weiß es nicht genau: Diese Formel, angesichts eines schwer zu lösenden Problems, blieb in den Räumen und den Köpfen der Mitarbeiter hängen.

Inzwischen sind Veränderungen eingetroffen: Einer der Chefs verstarb, ein Meister ging in den Ruhestand, die Auszubildenden fanden andere Anstellungen, ja sogar die Autombilfabrik schloss ihre Pforten. Trotz und alledem: Die Floskel „Verflixt, ich glaube, bei 180 pfeift mein Schiebedach" konnte man kürzlich noch hören – behauptet von einem, der das scharfe Gehör hat, so dass ihm Selbstgespräche nicht verborgen bleiben.

Meine dritte Absage

Es ist genug, Petra!

Im Dezember 2016 erhielt ich ein Päckchen. Das Großkuvert wattiert, der Inhalt starr wie ein Brett, eine Buchsendung von Petra.

Petra, um mir eine leichte Übertreibung zu gestatten, verfolgt mich mit ihrer Buchleidenschaft. Sie kauft, welche Titel ihr zusagen, und entsorgt postwendend diejenigen, die nach dem Durchblättern oder Anlesen ihren Zorn auf sich ziehen.

Bücher, so betont sie, sind ihre Freunde. Sie nicken ihr freundlich zu, wenn sie an der Bücherwand vorbeigeht, um an ihrem Schreibtisch Platz zu nehmen. In dem farbenfrohen Spiel der Buchrücken mit ihren Lebensimpulsen dulde sie keine Griesgräme, die ihr Gemüt belasteten.

Zweimal ließ ich sie bereits wissen, ich nähme kein Buch mehr an, das sich mit dem zweiten großen unsinnigen Krieg befasste. Nun gut, sie konnte mich verleiten, dass ich rückfällig wurde. Wer könnte da auch widerstehen, wenn er jene herrliche Travestie erhielte, die den kleinen Adolf in der Rolle des Struwwelpeters zeigt und die krausen Ideen im Kopf hervorwachsen lässt?

Ich verzieh mir die Annahme des Büchleins als Grenzfall und erneuerte meine Absage: Jetzt ist's aber genug, hörst du, Petra?

Zum Hochfest öffnete ich die weihnachtliche Verpackung, erfreute mich an guten Grüßen und Segenswünschen, erbrach die Klebestreifen und zog endlich das 300 Seiten starke Buch heraus, dessen Titel lautet – leicht verletzbare Gemüter mögen einen Augenblick weghören: „Kind, versprich mir, dass du dich erschießt". Ein Sensationsbuch, laut Spiegel bestsellertauglich, ein Nervenkitzel für solche Leser, die sich von Kriminalromanen gelangweilt abwenden?

Schon beim ersten Blick auf die Charakterisierung des Inhaltes änderte sich meine Aufmerksamkeitsrichtung. Zitat: „Am 30. April 1945 schoss sich Adolf Hitler in Berlin eine Kugel in den Kopf. Zur selben Zeit strömten im Städtchen Demmin beim Einmarsch der Roten Armee hunderte Menschen in Flüsse und Wälder, um sich umzubringen." (S. 2)

Eine Selbstmordepidemie? So nennt es der Forscher dieses Tabuthemas Florian Huber. Im Mai 2016 im selben Jahr dankte der Bundespräsident Gauck der Roten Armee für die Befreiung vom Nazijoch. Überlebende der Katastrophe schrien auf: „Befreiung", wozu? Herr Bundespräsident?

Nach der ersten Maiwoche schloss der provisorisch eingesetzte Standesbeamte von Demmin die Liste der Todesmeldungen. Als letzte Ziffer notierte er die 597. Meldung Angehöriger. Auf dem Friedhof der Stadt öffnete man später Massengräber anonym Bestatteter, die nicht auf jener Liste verzeichnet worden sind. Der Friedhof in Demmin ist Eigentum der evangelischen Kirche der Stadt. Sie widersetzte sich den Forderungen der DDR-Machthaber, auf den Denkmalen die Todesursachen zu entfernen. Der Schandfleck des nun zu preisenden Brudervolkes der Sowjetunion blieb bis heute erhalten.

Befreiung? Wir verzeihen den Wortfehler, Herr Bundespräsident, sind aber um eine Aufarbeitung des Themas um der Menschen willen verpflichtet.

Ich lese die Überschriften: „Vier Tage in Demmin" und „Demmin ist überall". Sofort stellt sich die Erinnerung an Margot Hübner ein, die gebürtige Demminerin, die später meinen Vetter mütterlicherseits heiratete. Ihre Familie wurde in alle Winde verstreut und traf sich nach Kriegsende in Nürnberg bei Verwandten wieder. Und zwar fünfköpfig, vollständig und unversehrt.

Mit Margot Vockel, geborene Hübner, ist eine nahezu unglaublich harte und andererseits auch glückliche Lebensgeschichte aus der Welt verschwunden. 2015 sammelten wir für Margot

Bilder, Broschüren, Andenkenartikel in Demmin ein und sandten ihr das Paket an ihren Ruhesitz in Florida. Spät kam ihr Dank. Ich nahm ihr Telefonat entgegen und konnte die Frage nicht unterdrücken: „Margot, bist du vor oder nach der Besetzung Demmins durch die Rote Armee nach Westen geflohen?"

Die sonst so erzählfreudige alte Dame antwortete mit zitternder Stimme: „Nach."

In mir schoss das Gefühl hoch: Hier darfst du nicht weiterfragen, hier berührst du Unsagbares.

Dieses eine Wort „nach" verfolgte mich, als ich von den Zuständen in Demmin las, wie sie der Forscher Florian Huber aus zerstreuten und der Vergänglichkeit preisgegebenen Quellen in seinem Buchbericht versammelt hat.

Mensch Margot, du warst in jenen schlimmen Tagen 20 Jahre alt, hattest eine hübsche Figur, strohblond dein Haar, und dazu ein kesses Mundwerk. Was ist dir geschehen?

In dem Buch, das mir auch deine Lebensgeschichte miterzählt, wird auch von Fällen berichtet, dass im Schlimmsten doch das Gute sich durchgesetzt hat. Wie von dem 15 Jahre alten Jungen berichtet wird, der seine eigene Mutter besinnungslos schlug, als er sie dabei erwischte, wie sie seine drei jüngeren Geschwister unter die Wasserfläche drückte, sobald ihre Köpfe auftauchten. Es waren drei Mädchen. Nachdem er seine Mutter ans Ufer gezogen hatte, brachte er seine drei Schwestern an Land, legte sie auf den Bauch, die Köpfe zur Seite, damit das Wasser entweichen konnte. Und alle haben überlebt, die Mutter, die drei Mädchen und deren Retter. Von deren weiteren Geschicken ist nichts bekannt geblieben.

Die Familie Hübner fand also in Nürnberg ein neues Heim und Tochter Margot eine Arbeit in der Kantine der amerikanischen Armee. Auch Frank Vockel, mein Vetter, war dort stationiert und trainierte für den Kriegseinsatz in Korea. Margots vorschnellem Mundwerk war es zu danken, dass es zwischen den beiden zu Konflikt, Verliebtheit und Heirat gekommen ist. Und das kam so: Margot hatte mit einer Kollegin die Eingangstür für den Tag verschlossen und das Hinweisschild „Closed" ausgehängt. Zwei mit allen Kriegsutensilien beladene GIs schlurften auf die Kantinentür zu, drückten die Klinke nieder und rüttelten an der Tür. Margot konnte nicht an sich halten und kommentierte die Szene: „Bei denen gibt's wohl Deppen, die ihre eigene Sprache nicht lesen können."

Frank, der schon lange nur unter dem Namen Franky bekannt war und nach dem Auftreten von Frank Sinatra nur noch „Franky Boy" gerufen wurde, richtete sich gegen den Behang der Ausrüstung auf und erwiderte: „Vorsicht, mein

Fräulein, es gibt in der amerikanischen Armee etliche, die Deutsch gut verstehen und sprechen."

Margot fürchtete um ihren Arbeitsplatz; Franky lud sie indes in immer kürzeren Abständen ein, zu Restaurantbesuchen, Tanz- und Musikveranstaltungen, bis er Margot bekannte, bei jedem Treffen würde ihm klarer, dass er sie heiraten werde. Ohne Margots Wissen ließ Frank sich in Ausgehuniform zur Wohnung Hübner in Nürnberg fahren, klingelte und überreichte Frau Hübner, also Margots Mutter, einen Blumenstrauß.

„Nur damit Sie Bescheid wissen, Frau Hübner, in 14 Tagen werde ich Ihre Tochter Margot heiraten. Darf ich nun meine Schwiegermutter küssen?" Sprach's, trat auf die Angeredete zu, drückte sie fest an sich und küsste sie heftig auf beide Wangen. Das Angebot von Frau Hübner, doch für eine Weile hereinzukommen, lehnte er ab: „Tut mir leid, aber ich bin im Dienst. Auf Wiedersehen."

Frau Hübner hörte eine Autotür zuschlagen und wurde sich allmählich klar, dass ihre Redefreudigkeit zum ersten Mal in ihrem Leben nicht zu Wort gekommen war.

Ich nehme an, dass ich meinen Zuhörern auch eine kurze Notiz zu Frank Vockels Lebenslauf schulde. Sofort nach Beendigung des Koreakrieges am 38. Breitengrad heiratete Frank seine

Margot. Sie ließen sich im Land seiner Geburt nieder, in den USA. Margot arbeitete an der Seite ihrer Schwiegermutter schwer, in einer Wäscherei, in einem Bügelsaal, in Restaurantküchen. Als Margot glaubte, die Landessprache hinreichend zu beherrschen, schickte sie sich an, den Mythos Amerika zu testen. Sie bewarb sich bei der Bank, bei der sie ihre Überschüsse dennoch spärlichen Einkünfte deponiert hatte. Zeugnisse habe sie keine. Die wären auf der Flucht verloren gegangen. Aber das interessierte den Direktor der Bank wenig: „Bitte, meine Dame, versuchen Sie es drei Wochen lang. Dieser Schalter hier ist zu besetzen. Notwendige Vorkenntnisse bringen Sie ja mit."

Die Neue, so flüsterten die Kunden einander zu, die Neue hat immer ein Lächeln im Gesicht und für jeden Kunden ein nettes Wort bereit. Das Flüstern schwoll an, und dem Direktor blieb es nicht verborgen. Nach drei Wochen war Margot fest angestellt und blieb es ein Arbeitsleben lang. Als Abteilungsleiterin ist sie in Pension gegangen.

Ihr Mann Frank Vockel war gebürtiger Amerikaner. Seine Mutter Gertrud Möller, eine Schwester meiner Mutter, hatte in den USA den Franz Vockel, der aus Bad Driburg stammte, geheiratet. 1939 reiste Tante Gerti, wie wir sie nannten, mit ihren beiden Kindern nach Paderborn, um Eltern und die große Verwandtschaft zu besuchen. Als die Kriegsgefahr spürbar wurde, verpasste sie mit ihren Kindern die Rückreise in die USA. Ihr wären die Reisedokumente gestohlen worden. „Zu blöd", schalt sie ihre ältere Schwester, „verklüngelt hat sie die samt gebuchter Schiffspassage. Wir kennen doch die Gerti!"

So verlängerte sich zwangsweise ihre Besuchsreise bis nach Kriegsende. In Paderborn durften sie die glänzenden Aufzüge von Parteiordnungen, von Hitlerjugend und Wehrmachtsabteilungen erleben. Der Tag der Wehrmacht im Herbst war für Kinder und Jugendliche ein Fest. Ich erinnere mich: Zur Werbung für die Kasernenbesucher war vor dem Rathaus ein Stuka aufgebaut. Ältere Kinder kletterten auf der Maschine herum. Mich hob ein Soldat in die Flugzeugkanzel, legte mich in den wannenartigen Sitz des Piloten. Ich war noch zu klein, um durch die Frontscheibe des Flugzeugs blicken zu können.

Frank Vockel marschierte in den Gruppierungen der HJ mit, bis seine Sehnsucht in Erfüllung ging, in die edelste Abteilung aufgenommen zu werden, in den Fanfarenzug der HJ, bestehend aus Fanfarenbläsern und Trommlern, auf nachempfundenen Landsknechtinstrumenten. Sie spielten, marschierten und sangen. Und Frank war begeistert bis in die Haarspitzen. Sie marschierten und spielten. In eine Pause hinein rief Frank in seiner Begeisterung: *„Ein neuer Lied!"* Der Zugführer wurde hellhörig und nahm Frank ins Gebet. Ein Amerikaner, ein Spion also im Fanfarenzug der HJ in Paderborn. Ein Skandal, den man unter dem Teppich halten musste, und Frank wurde mit sofortiger Wirkung aus seinem Element ausgeschlossen.

Nach Kriegsende durfte Frank als Erster in die USA zurückkehren. Der Vater schickte Papiere und Fahrkarten von den USA aus. Er hatte gerade das 18. Lebensjahr vollendet, als die Behörden in seiner Heimat ihm den Stellungsbefehl zusandten. Er wurde für den Koreakrieg mobilisiert. Wenige Monate später fand er sich in amerikanischer Uniform zur Ausbildung in Nürnberg wieder. Ich erinnere ihn als einen schicken Soldaten mit freundlichen Manieren, mit seiner Braut Margot unzertrennlich auf Verwandtenbesuchen. Margot kam uns vor wie die vollendete Amerikanerin; farbenfreudig gekleidet, geschminkt, etwas Rouge aufgelegt, die Fingernägel rot lackiert, und rauchte aus einer versilberten Zigarettenspitze. Und redete ununterbrochen.

Meine Mutter zischelte: „Sündhaft, nichts zum Heiraten. Der arme Junge. So ein Netter gerät in die Krallen eines Weibes." Ganz anders als die amerikanischen Schwiegereltern von Margot. Sie sahen in ihrer Erscheinung die Repräsentantin künftigen Wohlstandes.

Die Ehe von Margot und Franky ist kinderlos geblieben. Man besprach sich im Verwandtenkreis und suchte nach Gründen. Manche meinten: Margot. Ich glaubte dann die Schreie der Frauen zu Demmin zu hören, ihre Verletzungen zu sehen, ihr Blut und ihre Leichen. Dann vertrieb ich solche Gedanken so weit von mir, dass sie mit Margot nicht in Berührung kommen sollten.

Franky, 80 geworden, wurde von einer Alterskrankheit betroffen, die zu seinem Tode führte. Margot pflegte ihn zu Hause mit Unterstützung von fachkundigem Personal. Ihren Franky gab sie nicht her. In seinen letzten Lebensstunden lag sein Kopf in ihrem Schoß. Margot hatte ihn niemals aufgegeben und wurde dafür belohnt. Mit dem letzten Atemzug habe der Gefährte ihres Lebens ihr zugelächelt und „danke" gehaucht.

Seit Frankys Tod wurde Margot unruhig, niemand ahnte, was sie umtrieb. Sie zog von Süd nach Nord und wieder zurück nach Süd, wechselte die Seniorenheime wie auf der Suche nach einer ihrer gemäßen Bleibe. Als es mit ihr zu Ende ging, kurz vor dem 90. Lebensjahr, habe sie in der letzten Woche vor dem Tod jede Nahrungsaufnahme verweigert, so berichtete eine Pflegerin des Heimes. „Möchten Sie etwas zu essen, möchten Sie frische Wäsche, möchten Sie sich kämmen? Was möchten Sie, Frau Vockel?"

Auf jede Frage habe sie geantwortet: „Ich will heim zu meinem Franky." Stets diese Antwort. Ihre Stimme sei schwächer geworden, bis es der Margot Vockel vergönnt war, für immer heimzukehren und die Last eines ungewöhnlichen Lebens abzuwerfen.

Über unsere Großfamilie gibt es nichts Bemerkenswertes zu berichten. Der Grauschleier der Geschichte geht über uns alle hinweg. Mit Ausnahme dieser beiden Leben: Frank und Margot Vockel. Ihre Urnen fanden einen Platz auf dem Ehrenfriedhof Arlington. In einer Marmorwand, zusammen mit den Helden des Koreakrieges. Franz Vockel kam nicht mehr zum Einsatz, war aber bereit, innerhalb einer Stunde das Transportflugzeug zu besteigen.

Mir bleibt schleierhaft, was in mir bohrt, dass ich so oft an Demmin denken muss.

*

Geschichten liegen am Wege.
Sie warten darauf, dass sie jemand ins Wort bringt, damit sie in der Welt bleiben.

Marie von Ebner-Eschenbach

Wie mir das Wörtchen „tack" zum Kennzeichen einer Kultur wurde

Der Sprachunterricht an der Volkshochschule hatte mich nur unzureichend vorbereitet auf das, was ich im Mutterland der fremden Sprache erleben sollte. Als Tourist war ich angereist, mit Reiseführer und Glossar ausgestattet, die Sehenswürdigkeiten in Schweden, als „unbedingtes Muss" angepriesen, in den Reiseplan aufgenommen.

Und endete auf einem Bauernhof schon nach drei Tagen. Ich hatte einen Bauern um Erlaubnis gebeten, auf seinem Grund zelten zu dürfen. Derselbe Bauer überraschte mich mit seinem Besuch am nächsten Tag, suchte nach deutschen Wörtern, gestikulierte lebhaft, fast nervös, bis mir sein Anliegen deutlich erschien: ich solle in sein Haus kommen, es gebe etwas Wichtiges zu besprechen.

Ich begleitete ihn. Es war ein Pfingsttag und hohe Zeit der Heuernte. Gunnar, der Jungbauer, konnte mir auf Deutsch erklären, was sein Vater mir antragen wollte. Der Junge war mitten in der Heuernte zu einer Wiederholungsübung zum

Militär gezogen worden. Die schöne Wetterperiode sollte noch eine Weile anhalten. Also war Eile geboten, aus Sicht des Bauern.

Es war die Zeit, als sich Schweden und mit ihm ganz Skandinavien vor dem übermächtigen Nachbarn Sowjetunion fürchtete und alle erdenkliche Gegenwehr ersann, von der man letztlich doch nicht annahm, einen Angriff der Übermacht abwehren zu können.

Ich sollte stehenden Fußes entscheiden, bereits am nächsten Morgen in der Frühe für den Sohn einzuspringen. Das hieß für mich, meine Reisepläne aufzugeben, den Attraktionen der touristischen Verlockungen ade zu sagen.

Ich sagte zu. Nachher überlegte ich, ob ich überhaupt eine Entscheidung getroffen hatte. So etwas wie eine unbekannte Sympathie hatte mir das ja auf die Zunge gelegt.

Vater und Sohn begleiteten mich zurück, halfen mir beim Zeltabbau und trugen meine Sachen in eine leer stehende Knechtswohnung. Hier durfte ich mich einrichten. Für die Verpflegung ergab sich Familienanschluss. Am runden Tisch in der Küche, in welcher der eingemauerte Herd nie ohne Feuer war, durfte ich an den Mahlzeiten der bäuerlichen Familie teilnehmen. Die bestand aus Gunnars Eltern, Gunnars Schwester mit einem Kleinkind und einem Knecht, der den Kuhstall zu besorgen hatte.

Zunächst beschäftigten mich bei Tisch die andersartigen Gerichte und Nahrungsmittel: Knäckebröd und Filmjölk und die köstlichen Kleingerichte, die die Bäuerin im Backofen garte, bis sich eine zarte Kruste gebildet hatte.

Was mich in Erstaunen versetzte, war die Art, wie man die Mahlzeit beendete. Einer nach dem anderen stand vom Tisch auf, wandte sich der Köchin zu, verneigte sich leicht und sagte dabei: „tack för maten." Danke für die Mahlzeit. Selbst das etwa dreijährige Kind folgte den Großen und sagte: „Tack mormor." Danke, Oma!

Die Köchin stand währenddessen schräg an die Herdstange gelehnt, die Hände in den Schoß gelegt, und nahm lächelnd die Dankesworte entgegen, geduldig, bis auch der letzte Esser sich vom Tisch erhob.

Das war nun kein einmaliges Ereignis, wie etwa zur Feier des Ehrentages der Köchin. Diese einfache Dankeszeremonie wiederholte sich nach jeder Mahlzeit, dreieinhalb Wochen lang, die ich zu Gast an diesem Tisch sein durfte. Aber auch ein einzelner Esser, der sich verspätet hatte, weil eine Arbeit dies gebot, ließ den Dank nicht aus.

Ich machte mir klar, dass jeder Esser sich in Mutters Küche als Gast fühlte, ob zur Familie gehörig oder fremd, der keine Ansprüche zu stellen hatte, sondern eine Sympathie entfaltete für die zubereitenden Hände.

Meine Verwunderung erhielt später vielfältige Bestätigung. Zu Tisch gebeten in Familien, welcher Sozialschicht auch immer angehörend, konnte ich diese Sitte beobachten, ein Bukett aus Dank und Anerkennung, im Kern schwedischen Gemüts verwurzelt. Dankbarkeit, nicht nur bei Tisch. Zu vielen anderen Gelegenheiten bis zu dem Grade, dass sich der Besucher sorgt, die Dankbarkeitsgeste drohe zur sinnleeren Form zu entarten. Alles kommt darauf an, dass die Jungen diese Tradition übernehmen und weitergeben.

Dankbarkeit allen Teilen, weil das Leben sich beschenkt weiß. So bedankt sich der Pfarrer bei den Kirchenbesuchern und diese danken für eine schöne Liturgie oder für eine aufbauende Predigt.

Schweden, wie es sich hinter den Kulissen des Tourismus lebt!

Wieder daheim, besuchte ich Kurse für die schwedische Sprache, wo immer sich welche anboten. Nach etwa 20 Semestern führte eine Dozentin, eine gebürtige Schwedin, einen Sprachtest mit uns durch. Mir attestierte sie, dass meine Kenntnisse und Fähigkeiten einem schwedischen Fünftklässler mit mittlerer Sprachbegabung entsprächen. Danke, das war doch schon etwas!

Ich fühlte mich ermutigt, schwedische Literatur zu lesen. Bald schon geriet ich an Stina Aronsons (1852 – 1956) Erzählungen über den nördlichsten Teil ihres Landes. In ihrem Buch „Diesseits des Himmels", eine Schilderung der rauen Nordlandnatur und der gemütskargen Samen, missioniert ein Priester einer christlichen Kirche in der Sprache der Samen. Es heißt dort: Nach der Mahlzeit erhob sich der Priester vom Tisch und sprach das Dankgebet. Er sprach es auf Schwedisch, weil Schwedisch eine so feierlich dankbare Sprache ist. (In Stina Aronson, „Hitom himlen", S. 287)

Ich lernte Jan Rosendahl auf eine Einladung hin kennen. Ich durfte zu Gast sein bei einigen Lektionen seines Kurses in schwedischer Sprache, den er an der Volkshochschule in Bochum zu halten pflegte. Wie es meinem Naturell entsprach, wünschte ich unerkannt in der Studiengruppe einfach nur dabei zu sein. Der Witterung Jans entging es nicht, dass ein Neuer anwesend war, der sich für die Sprache und Kultur Schwedens interessierte und, mehr noch, davon angetan war. Als ob es atmosphärisch vorgegeben war: Unsere Zuneigungen zu schwedischer Lyrik fanden bald zueinander, quasi zum Herzen des dankbaren Schwedentums.

Bald schon fand ich Gelegenheit, Jan für ein kleines Buch mit dem Schlüsselwort zum Gemüt des schwedischen Menschen zu danken: *Tack!* „Danke", das wohl am meisten gebrauchte Wort in Schweden. Später prägte sich mir der Satz aus dem Roman „Diesseits des Himmels" von Stina Aronson ein: „Der Geistliche erhob sich nach Tisch und betete das Dankgebet auf Schwedisch, in der feierlichen und dankbaren Sprache."

Jans Buchgabe gehört zu meinen Freunden, von denen ich mich in meiner Welt nicht trennen möchte, ein Lyrikbändchen des Dichters Nils Ferlin, „Barfotabarn" (Barfußkind). Seine Widmung lese ich jedes Mal, wenn ich das Büchlein in die Hand nehme:

„Bücher wollen gute Freunde werden,
brauchen keineswegs umfangreich sein.
Vielleicht obliegt es
den bescheidenen kleinen,
sich der Wahrheit zu nähern
oder neue Fragen anzustoßen."
Grüße vom Freund Jan, Essen am 24.09.1974

Freund Jan war an allem Schwedischen gelegen. Er las, bestellte Bücherpakete, er unterrichtete, er vermittelte Zeitungen und Literatur, er organisierte Studienreisen, er verfasste und vervielfältigte Studienmaterialien. Per Bahn reiste er von Essen aus im Ruhrgebiet umher, um seine sich selbst auferlegten Pflichten zu erledigen.

Kurz: Sein nebenberufliches Arbeitspensum schien ihm so wenig eine Belastung zu sein, dass man der Neigung schwerlich widerstehen konnte, einen missionarischen Impetus hinter seinen Aktivitäten zu vermuten, einen Drang, etwas mitzuteilen, was sich nicht direkt hervortraute.

Bei Unterhaltungen im kleinen Kreis hatte Jan manche Attacke zu überstehen. Es war die Zeit, als Politik und Medien sich allzu oft auf den Wohlfahrtsstaat Schweden beriefen, heftigst, wenn jemand sich erdreistete, schwedische Neuheiten auf bundesdeutsche Verhältnisse zu übertragen. Und Jan hatte unseren Widerspruchseifer zu erdulden, bis zu dem Grade, dass unserem Schwedenfreund Stimme und Gestik entgleisten und er alle Vorbehalte radikal abfertigte. So wie man seine Familie zu verteidigen bereit ist, obwohl man weiß, dass nicht alles zum Besten bestellt ist.

Nach einem Saunaabend setzten wir Draufgänger unsere Einstiche ins Modell Schweden ungeniert fort, allerdings etwas behutsamer, damit unsere Vorhaltungen unseren Freund Jan nicht persönlich treffen sollten. Auffallend war bald, dass der angegangene Schwedenfreund keinerlei Gegenargumentation vorbrachte, unsere Sozialismushetze überhörte, als ob er sich gedanklich in einer anderen Welt befände. Unvermittelt sagte er in unser Gespräch hinein: „Einmal muss ich es euch erzählen, damit ihr versteht." Er sprach mit einer nie zuvor gekannten Feierlichkeit in der Stimme. Wir Diskussionsredner verstummten und ahnten, dass dieses „es" das Ungesagte war, das sich zwischen Jan und uns ausgebreitet hatte.

In der frühen Nachkriegszeit 1945/46, als die westlichen Besatzungsmächte das Programm der „democratic reeducation" intensivierten, habe er eine Einladung nach Schweden erhalten. Er habe sich von dem Thema viel versprochen, wie seine deutschen Kollegen auch: der demokratische Auftrag der freien, d. h. staatsunabhängigen Volksbildungseinrichtungen. Ihre kleine Gruppe von Volksbildnern sei überaus zuvorkommend am Konferenzort empfangen worden, an der Heimvolkshochschule Hola bei Prästmon im Bezirk von Västernorrland.

Der herzliche Willkommensgruß habe sie zuverlässig gestimmt, dass sie von der Last entbürdet wurden, die deutsche Schande vor schwedischen Kollegen repräsentieren zu sollen. Auf ausgedehnten Wanderungen in der Herbstlandschaft seien sie miteinander bekannt gemacht worden. Zu der Zeit hatte jeder gebildete Schwede noch Deutsch gelernt. Deutsch war bis zum Ende des Krieges die erste Fremdsprache an schwedischen Gymnasien.

Jan machte eine Pause, schnappte nach Luft,

als müsste er eine sehr anstrengende Leistung vollbringen:

„Für das Abendprogramm des zweiten Tages hatte die Konferenzleitung vorgesehen, Dokumentarfilme zur deutschen Nachkriegssituation vorzuführen: zerbombte Städte, die Befreiung Berlins, von Flüchtlingstrecks, von Versorgungsnöten, von Hamsterfahrten – aber dann der Einschlag: der Film von der Befreiung des Konzentrationslagers Buchenwald durch amerikanische Soldaten!

Ich bin völlig zusammengebrochen. Die ganze Last der von meinem Land angerichteten Gräueltaten drückte mich in den Boden. In dem verdunkelten Raum fühlte ich mich ringsum von anklagenden Augen durchbohrt, und schlimmer noch: die stumme Kenntnisnahme der Zuschauer. Mir wurde übel, ein Weinkrampf schüttelte mich, ich entglitt der Selbstkontrolle. Ich weiß nicht mehr, ob ich auf den Boden gesunken bin, auch nicht, wie ich aus dem Filmraum herauskam. Als ich zu mir kam, stützten und führten mich zwei schwedische Kollegen auf mein Zimmer und legten mich ins Bett. Sie blieben lange an meinem Bett sitzen.

Während der Nacht bemerkte ich, wie die Tür leise geöffnet und ebenso behutsam wieder geschlossen wurde. Man schaute nach mir. Die Behutsamkeit, mit der die Tür aufgeschoben und wieder ins Schloss gelegt wurde, deutete sich mir als Geste dafür: Ich bin ihnen anvertraut, nicht ausgeliefert.

Die Nacht war kurz. Die Bilder von den lebenden Skeletten und die Berge der Leichen schreckten mich, wenn Schlaf mich einzuhüllen begann. Erste Zweifel regten sich: Sah ich eine Filmdokumentation oder hatte mich eine filmische Imagination überfallen?

Gegen Morgen brach die Sorge sich Bahn. Wie den Menschen gegenübertreten, wie denen ins Gesicht sehen, in denen die gleichen Bilder tobten, die in mir Schauer und Ekel erregten?

Zur Beschlussunfähigkeit gelähmt, blieb ich einfach liegen und verleugnete die Helle des neuen Tages, von dem ich wünschte, dass er für mich niemals anbrechen sollte. Doch das verklärende Licht der Herbstsonne verlockte mich in die Erwartung, dass der neue Tag ein guter werden würde. War alles nur ein böser Traum, der mich ängstigte?

In dieses Dämmer, das die Fiktion des Traumes weiter näherte, rief es hinein: Herr Rosendahl, bitte kommen Sie zum Frühstück! Bitte, kommen Sie!

Die Mechanik des schon eingeübten Tagesablaufs half mir, den Weg zu gehen, durch den Flur, die Treppe hinab und zum Speisesaal. Vor der Eingangstür schien ich erwartet zu werden. Einige der schwedischen Kollegen kamen mir entgegen, ich konnte ihren Blicken nicht standhalten, mir war, als entglitte ich der bedrängenden Situation. Sie aber traten näher an mich heran, ergriffen meine Arme. Ich spürte ihren Druck, der auf Notwendiges vorbereitete. Sie redeten mir Worte von Entschuldigung zu, von ihrer Achtlosigkeit bei der Filmauswahl, mich unvorbereitet mit dem Grauen konfrontiert zu haben, mich, der selbst als Kriegsteilnehmer dem Inferno von Schlachten entkommen wäre und in der zerstörten Stadt Essen leben müsste. Die Filme seien keineswegs in anklagender Absicht gezeigt worden. Ich möge trotzdem die Filmauswahl als einen Versuch betrachten, dem Unfassbaren näher zu kommen, gerade mit Konferenzteilnehmern aus Deutschland.

Meine schwedischen Kollegen vom Empfang blieben an meiner Seite, auch im Frühstückssaal, als müssten sie mich vor hämischen Blicken schützen. Die herrlichen Speisen, für uns aus den Elendsgebieten fast schon vergessen, regten den Appetit an. Etwas von einem Harmoniegefühl kehrte in mich zurück. Und dieser Tag ging nicht zu Ende, ohne dass jeder Einzelne der schwedischen Teilnehmer an mich herangetreten wäre, um mir sein Bedauern zu versichern und sich bemüht hätte, mir ein Trostwort zuzusprechen."

Nach einer wortlosen Pause fügte Jan hinzu:

„Ja, das eben war es, was meine Einstellung zu Schweden unwiderruflich befestigte. Und wie es weitergegangen ist, wisst ihr ja von unseren Studienreisen her."

Jan organisierte für seine Studenten mehrere Studienreisen nach Schweden und die Hochschule von Hola im westlichen Norrland war stets das Ziel zu einer einwöchigen Entspannung. Schweden war übrigens eines der ersten Länder, die Deutschen nach dem Krieg seine Grenzen wieder geöffnet haben.

Da Jans Bekenntnis uns in kleinem Kreis zum Umdenken bereit machte, wagte einer aus unserem Kreis an Jan die Frage zu richten, ob er nichts von den Gräueln der Deutschen in den Lagern des Todes gewusst habe. Jan schüttelte den Kopf und verwies auf das jüngst erschienene Buch von Ilse Bintig mit dem Titel „Trümmer und Träume". Die bei Kriegsende 21-Jährige teilte mit, dass Radiosendungen der Alliierten ab Mai 1945 über die aufgedeckten Untaten berichtet hätten.

Jan ist durch das Portal getragen worden, das ihm den Blick dafür aufgetan hat, dass Mitmenschlichkeit zuerst nottut und den verlässlichen Kern jeder Bildung darstellt. Ich fand dazu ein Zitat, das diese Einstellung festigen kann:

„In meiner Familie gibt es eine Redensart. Der Torwächter der Geschichten wird ihren Preis von dir verlangen, das heißt, er wird dich zwingen, eine bestimmte Art Leben zu leben." (Bei C. P. Estés, „Die Wolfsfrau", S. 528)

So hat Jan Rosendahl gelebt und hat sich in die Erinnerung der Schwedenfreunde eingeschrieben. In seinen letzten Lebensjahren versagten seine Nerven mehr und mehr. Er vergaß vieles, die Handgriffe wurden unsicher, kurz: es ging mit ihm dahin, auf fremde Hilfe angewiesen zu sein.

Jan ist 71 Jahre alt geworden. Er ist einem Herzleiden erlegen. Er beschloss seine Erdentage mit der Sehnsucht im Herzen – mit Worten des von ihm verehrten Dichters Nils Ferlin:

Men den vackraste dagen som sommaren ger, har det hänt att jag längtat dit.
(„Aber am schönsten Sommertag ist es über mich gekommen: mich nach dort zu sehnen.")

Seine Tochter verriet uns später: „Jan starb, wie er gelebt hatte, als Chaot."
Er fand seine letzte Ruhestätte in Enkirch am südlichen Moselufer. Auf der Familiengruft war keine Grube ausgehoben. Der Sarg wurde auf einem Rasenstück abgestellt, neben einer frisch

ausgehobenen Grube.

Der Priester verrichtete das Begräbnisritual über dem Toten und segnete Sarg und Trauernde. Und überließ die Grablegung den Friedhofsgärtnern.

Später, nach seiner ordnungsgemäßen Grablegung in der Familiengruft, nahm ich vom Freund Jan Abschied:

„Ich vermisse Dich als meinen Animateur für schwedische Sprache und Literatur.
Hermann."

In Deutschland alles Schule?

„Ich kann fahren", wandte der Italiener ein, „wozu Führerschein? Kann alles fahren, wo zwei bis sechs Räder dran sind."

„Trotzdem, Führerschein machen!", grantelte der Polizist. „In Deutschland darf man nur mit Führerschein Kraftfahrzeuge lenken. Also: Fahrschule machen!"

„Warum ich Schule machen, kann doch fahren."

„Die Fahrschule beweist Ihnen, dass Sie können, was Sie behaupten zu können."

„In Deutschland alles Schule?", fragte der Italiener. Eine Antwort erhielt er nicht.

Ich stand an der Ampel und hörte das Gespräch mit, völlig unfreiwillig. Das Signalwort ‚Schule' hatte mich aufgeschreckt. Mir grauste es. Ich habe doch Ferien, wohlerlittene sogar. Die Lateiner sagen ‚Feriae', die ihnen Feiertage bedeuteten. Ich wollte durchfeiern und nicht an Schule erinnert werden; das ist des Daseins höchste Freude, die sollte nie zu Ende gehen, klang die bekannte Studentenweise in mir nach. Während meiner Gymnasialzeit vermied ich es, über die Straße zu radeln, an der die Quetsche gelegen war. Ferien! Ich trat fester in die Pedale meines Rades und jubilierte: Ferien! Fröhlich und immer fröhlicher.

Wie heißt der Superlativ?, fragte mich mein Quälgeist.

Scheiß Frage!

Im Bundestag paukte ein Redner: Die Bundeswehr ist nicht die Schule der Nation; die Schule der Nation ist die Schule!

Ich hätte ihn erwürgen können.

„Lassen Sie Ihren Sohn noch auf dem Gymnasium, bis wir die unregelmäßigen Verben auf ‚mi‘ durchgenommen haben. Dann hat er was fürs Leben", riet der Altphilologe, der meine Klasse in Griechisch unterrichtete.

Ich dachte, mich laust der Affe. Und denke es heute noch. Bin wohl schulgeschädigt, lebenslang. Aber dann sollte „schlussendlich", wie Fußballer im Interview zu formulieren sich angewöhnt haben, eine angenehmere Platte aufgelegt werden.

Ja, nicht für die Schule, hatte man uns weismachen wollen. Aber für wen sonst, wenn's doch sowieso umsonst ist, mitunter sogar vergebens. Die alten Lateiner und ihre Nachfolger dozierten: sondern fürs Leben. Punktum!

Dass ich nicht lache!

Woher sollten wir wissen, wie Leben geht, damit wir es rechtzeitig in Für-Sorge hätten geben können?

Hinter vorgehaltener Hand flüsterten wir, die Frau jenes Altphilologen betreue den Nachhilfeschüler auf frauliche Weise, wenn der Herr des Hauses sich wegen Unpässlichkeit ausgeklinkt hatte.

Ist das Leben so sehr Leben, dass wir tunlichst darüber nicht reden sollten?

Ein herrlicher Frühlingstag drückte schwer auf die Gemüter der Lateinschüler, die vom Leben so viel lernten, dass es meistens aus Entzug bestand. Ich schaute aus dem Fenster des Klassenzimmers. Ein Frühlingswind streifte durch das Blattwerk der jungen Birke, die unter der Fensterfront emporwuchs. Ob er die Birke küsste? Wie es zuvor in der Deutschstunde hieß, bei jenem Dichter, der in Landstreicher vernarrt war? (Manfred Hausmann, „Lampignon küsst Birken in junge Mädchen")

„Glotz mich nicht so blöd an wie ein Schaf, während wir uns mit den unregelmäßigen Verben abrackern!"

Mein vorlautes Ich, meistens in Stummheit versunken, rief: „Ich gucke immer so, Herr Studienrat, wenn ich mich auf Hochgeistiges wie Latein konzentriere!"

„Wehe dir, wenn ich dich dabei erwische,

wenn du anders guckst!"

Ich schleppte mich durch die Schule oder die Schule schleppte mich; das kann ich nicht auseinanderdividieren. Zum Ende meiner Leidensgeschichte erhielt ich das Zeugnis der Reife, mit der Aufforderung „Abitur", das heißt: jetzt wird abgegangen. Und geht mit Gott, aber geht und macht der Schule keine Schande.

Und wie wir zu leben begannen! In der folgenden Nacht, weil der Tag der Lossprechung nicht enden wollte, wälzten wir mit Klassenstärke den Findling, der auf dem Platz zwischen Abdinghof und Dom gelegen war, zur abschüssigen Bahn heran und stießen ihn den Eselsberg hinunter, der heute mit Rücksicht auf die Anwohner Michaelstraße heißt. Wegen der ungleichen Gewichtsverteilung im Stein rollte er nicht, sondern wälzte sich mit dumpfen Aufschlägen abwärts.

Ob nun die Lateinbüffelei unser Leben veredeln sollte? Die Latein-Elite bildete sich viel darauf ein, das Wort „anus" in seiner doppelten Bedeutung unterscheiden zu können. Wenn die alten Römer das a kurz sprachen, dachten sie an eine alte Frau, wenn sie das a dagegen lang aussprachen, redeten sie von dem Körperteil, den wir vulgär als Arsch bezeichnen. Seit der Zuerkennung der Reife und vor Feststellung meiner Fäule tauchte in mir die Neigung auf, lateinische Ausdrücke zu verwenden. Das stieß den Mitstudenten an der Universität des Saarlandes übel auf, so dass sie mich aufforderten: Lass den Akademiker nicht so weit heraushängen!

Mein heimlich gepflegtes Femewort „Nie wieder Schule" wurde mit Fortschreiten der Jahre überwuchert, je mehr sich meine Familie mit Lehrern und Lehrerinnen fast sämtlicher Schularten versippte. Gehalt, Freizeit und „immer gut drauf" neutralisierten meine Antipathien.

Und ehe ich mich recht besann, gehörte ich wie unversehens zum Inventar einer Schule, berufen an die Schule des Volkes, zur Anstellung. Und wie sollte ich mich im ersten Jahr meiner kläglichen Unterrichtsversuche anstellen! Bis an die Grenze des drohenden Zusammenbruchs, der Lehreranfänger vor 68 Jungen und Mädchen im vierten Schuljahr: voll im Saft stehende Wildlinge. Schon das Milieu tonte die Stimmung nieder, das Schulgebäude grau in grau innen wie außen, gelegen in einem Vorort einer Industriestadt, wo man vor Rohren keinen Wald zu sehen bekam. Wo die Wut statt der Bäume ausschlug und die Seele kärglich aufrecht erhielt.

Dass ein Lehrerleben so bitter sein kann, steht in keinem Lehrbuch zu lesen. Das Katastrophenszenario erweiterte sich unangenehm: Ich musste meine Klasse 4 auch zum Schwimmunterricht ins Hallenbad der Stadt begleiten.

Das Aufstellen auf dem Schulhof zu zwei und zwei klappte zügig. Dann also Abmarsch.

Wir liefen über die Fußwege, weil der Autoverkehr die engen Fahrbahnen beanspruchte. Bald verengten sich die Gehwege, als wir uns dem älteren Stadtteil näherten. Es kam zu Zusammenstößen mit entgegenkommenden Passanten. Geschimpfe, freche Antworten, die vulgären Sprachwurzeln des Ruhrpotts lagen blank.

Wenn die Fußgängerampel Rot zeigte, kam es zur Rudelbildung. Schubsen, Boxen, Treten, Schreien. Wie hätte der pädagogische Begleiter eingreifen können?

Wir bogen in eine Straße ein, die auf Müllabfuhr vorbereitet war. Das heißt die Mülleimer standen aufgereiht am Fußwegrand. Bald kippten die ersten Müllbehälter und entleerten ihren Inhalt auf die Fahrbahn. Ich war in der Nähe der Übeltäter und konnte weitere Umstürze verhindern. Eine Gruppe von Schülern, die den Zug beschlossen, ließen den Anschluss abreißen. Im sicheren Abstand sich wähnend, kippten sie Mülleimer um Mülleimer. Passanten wurden aufmerksam, gerieten in Erregung, drohten schließlich der Lehrperson. Was tun? Ich zog es vor, auf der anderen Straßenseite zu gehen und den Zug der Klasse 4 zu begleiten. Den suchenden Augen der aufgebrachten Bürger entging ich dadurch, dass ich so tat, als ob ich keinerlei Verbindung zu den Chaoten unterhielte.

Ohne Verluste in der Schwimmhalle angekommen, bestaunte ich die schallverstärkende Wirkung der Räume. Die Schüler schrien, als ob sie fürchteten, umgebracht zu werden. Ein Kollege der Nachbarschule nahm die Hörgeräte heraus und steckte sie in die Jackentasche. Ich sah mich veranlasst, für Ruhe zu sorgen. Der aufsichtsführende Schwimmmeister hielt mich für den Rädelsführer und wollte mich aus der Schwimmhalle verweisen.

Meine Zensurengebung war schieflastig geworden, in dem Maße, wie weinende oder schöntuende Mädchenaugen den gnadenlosen Blick des Zensors erschütterten. Mir mangelte es nicht nur an Schauspielkunst, die den Unterricht hätte überzeugender gestalten können; was schwerer wog, es fehlte meinem Gemüt die Schärfe eines Metzgerhundes.

So kam, was kommen musste: Man bedeutete mir, dass ich für eine Mädchenbildungsanstalt untragbar sei.

Ich trat also wieder in die Pedale meines Fahrrades, wollte die Kette zum Zerreißen bringen und die Wut raustreten, ohne dass jemand Schaden daran nehmen sollte.

Denn die Beine sind gar nicht so dumm; sie wissen im Voraus, was einem gut tut, schließlich haben sie mir immer geholfen, wenn das Wort

‚abhauen' versagt hatte.

Aber halt ein mit dem Unsinn! Woher blies dieser Mief? Es war die Situation, die ein mit psychopathologischer Vorbildung belasteter Schriftsteller so beschreibt, dass mich die Erinnerung daran peinlich berührt: Die Abiturprüfung in Sport stand an. Schüler- wie Lehrerschaft waren im Stadion versammelt, jubelten der 10-mal-100-Meter-Staffel zu. Und au Backe! Der vorletzte Läufer übergab das Staffelholz nicht an den Schlussläufer. Verpasste er ihn? Nein, und das war der Wahnsinn: Er rannte mit dem Stab aus dem Stadion raus und vergrub seine Beute im weichen Sandboden eines Kiefernwaldes.

Der Schüler, der zur Reifeprüfung angetretene, gab beim Verhör an, seine Beine hätten ganz ohne sein willentliches Mitwirken so entschieden und daran recht getan. Seine Beine besorgten, wozu er nicht den Mut aufbringen konnte: den gesamten Schuldrill auf das Schnellste loszuwerden.

Nun meldete sich auch der Verfasser mit Namen zurück: Leif Panduro hat in seinem Roman „Scheiß auf Traditionen" den Konflikt zwischen Freiheitsahnungen eines Jungen und gesellschaftlichen Normen, handfest in der Schule erlitten, behandelt. Der Titel sei in der deutschen Übersetzung zu sanft wiedergegeben. Dem Ungestüm der Jugend Rechnung tragend, heiße der Roman im Original „Leck mich am Arsch mit Traditionen".

Die Dozentin ließ sich Jette nennen. Der Familienname blieb tabu. Doch hinter Jette will ich sofort das Spundloch schließen, damit sich nicht die Masse von Ungereimtheiten auf mein Papier ergieße, die mir eine andere Jette aus dem Kopenhagener Norden in 20-jähriger Briefpartnerschaft erzählt hat.

Ich trat die Pedale meines Rades heftiger und spürte, dass sich etwas neues Bahn brechen wollte. Trotz rascher Fahrt tauchte linkerhand eine sehr gepflegte Grünanlage auf, ein Blickfang für jeden Vorübereilenden. Auf einem Bogen, der das Eingangstor überspannte, las ich: „Baumschule Schulte". Verdammte Brut, schon wieder Schule! Nicht so voreilig, meinte mein Ich-Begleiter, sieh mal, wie die Bäume dort stehen, aufrecht in Reihen, ohne Gedrängel und stumm. Das ließ ein Lehrerherz höher schlagen. Ein Baumschullehrerherz: welches Wortbündel an Gutsein!

Meine Beine radelten auf das Tor zu und rieten mir, mich unverzüglich um eine Anstellung zu bewerben. Am Tor baumelte eine Pappe mit der Aufschrift: „Wegen Krankheit geschlossen!"

Ein Wagenschlag zog meiner Aufmerksamkeit an. Eine Besucherin trat zum Eingangstor: „Noch so jung, dieser gutmütige Herr Schulte!

Eine Herzrhythmusstörung hat bei ihm lebensbedrohliche Ausmaße angenommen."

„So unpassend", gab ich zur Antwort, „die Krankheit sollte Lehrpersonen an Kinderschulen vorbehalten sein. Wenn man diese Störung nur ein Itzchen pflegt, schicken sie einen rechtzeitig in den Vorruhestand, was dem Pensionsgenuss nur förderlich sein kann."

„Sie sind wohl sehr schulmüde, wie?" Der ergraute Kopf im gärtnergrünen Overall schlug die Wagentür zu.

Meine Beine fühlten Müdigkeit, wie sie sich im ganzen Körper auszubreiten begann. Die Pedale lockten nicht länger.

Ich stand also wie ein Dompteur ohne Schutzgitter vor einer zappelnden Masse pädagogischer Objekte, dachte an die statische Abteilung der Kultusbürokratie, wie herrlich man dort ins Nebulöse rechnete; statt Ärger fiel mir ein, wie ein Karikaturist einer großen Tageszeitung ins Schwarze getroffen hatte mit seiner Zeichnung: ein Männlein steht vor einem unübersehbaren Haufen von Kindern und sagt: wenn ihr der Pillenknick seid, dann muss ich wohl die Lehrerschwemme sein.

Mit Worten lässt sich gut streiten, zumal wenn man die Zahlen und deren innewohnende Dynamik nicht beherrscht.

Bald war der Name ‚Zwergschule' ins Fadenkreuz der Kritiker geraten. In den Märchen, die ich gehört hatte, war von einer Zwergschule nie die Rede gewesen.

Aber ich hatte meine Schulkarriere in einer zweiklassigen Dorfschule begonnen und konnte das Gerede der Hoheiten nicht mit meinen Erfahrungen zur Deckung bringen. Den Lehrer nannten wir ehrfurchtsvoll Magister. Er versorgte die Klassen 5 bis 8. Die Anfängerklassen 1 bis 4 wurden von der Lehrerin betreut, deren bürgerlicher Name nie zu meiner Kenntnis gekommen war; sie hieß durch alle Jahrgänge des Dorfes hindurch nur Schneeziege.

Wir Lehranfänger bekamen einen sogenannten Mentor zugewiesen. Der hatte wenig mit der Herkunft seiner Bezeichnung zu tun. Er hatte die Studenten direkt von der Hochschule ins Feuer einer ungeordneten Praxis zu schicken: „Da müssen Sie durch, mein junger Freund, wir waren alle einmal Anfänger und sind barfuß durch die Hölle gegangen. Ich versichere Ihnen, es ist keinem von unseren älteren Kollegen leicht gefallen. Nur Mut! Das pralle Leben wartet auf Sie, vor dem alle Theorie erblasst."

Derselbe, bitte genau hinhören: derselbe bekannte anlässlich einer feucht-fröhlichen Gesellschaft im Lehrerzimmer: „Leute, was könnte Schule schön sein, wenn nur die Schüler nicht wären."

Ich setzte mich ins Gras, mit dem Rücken an das Tor gelehnt, das mir den ersehnten Garten verschloss.

„Vielleicht sollte ich, gern mit äußerstem Widerwillen, denen zustimmen, die behaupten: ‚Ohne Beschulung – für dieses Wort übernehme ich keine Verantwortung! – gleicht die nachfolgende Generation einem Barbareneinfall.‘"

Ja, meinetwegen. Ich muss so erschöpft gewesen sein, dass die Nachfrage unterblieb: „Und was ist aus der Schule heute, im Jahre 2024, geworden? Gebärden sich die Verhältnisse immer noch so, dass sie Lust auf Abhauen vermitteln?"

Wie jeder Ernst durch ein Lachen besiegt wird, zog eine amüsante Erinnerung in mir auf. Zu meiner aktiven Zeit sangen die Schüler zu Ferienbeginn: Wir danken alle Gott, die Schule ist bankrott.

C'est rouge, Monsieur!

Der Clio verlangsamte die Fahrt, bremste ab und stand.

„C'est rouge, Monsieur!"

Die Fahrerin blinzelte zu ihm hinüber: „C'est rouge, on peut."

Was darf man? Was meint sie? Was wollte sie ihm sagen?

Das Sprachhirn marterte den Fremden. Dann sagte sie auf Deutsch: „Heute ist Valentinstag. Da darf man bei Rot. Aber nur heute! Hat er verstanden?"

Komische Leute, dachte er. Und erst diese Französinnen, nein, zu weit gegriffen: diese Französinnen von der Isle de France. Woher diese Eingrenzung gefordert wurde, wusste er im Moment nicht. Die Fahrerin rückte näher an ihn heran und drückte ihre Lippen auf die seinen.

O la la, Madame, was soll das?

Er fühlte ihren heißen Atem und bemerkte im Augenwinkel, dass die Ampel auf Grün wechselte.

„C'est vert, Madame", brachte er heraus, indem er sie etwas von sich weg drückte.

Das Merkwürdigste erschien ihm, dass nie-

mand in den nachfolgenden Wagen hupte, obwohl die Ampel bereits sekundenlang Grün zeigte.

Die ganze Situation deuchte ihn wie eine An-
leihe bei der Seligkeit, die ihn nachirdisch erwarten sollte.

Sie aber ließ nicht von ihm. Wohl liebestoll,
diese Französinnen, pardon, die von der Isle de
France jedenfalls.

Schließlich erwies sich die Seligkeit von ir-
discher Natur, weil zwei Polizisten im Fahrzeug
hinter ihnen winkten und lächelten und zu er-
muntern schienen.

„C'est vert, Madame!"

„Ich weiß doch, Monsieur."

Die Fahrerin ließ die Kupplung los und trat
das Gaspedal gegen das Bodenblech. Der Clio
schoss los wie ein Wildpferd, das sich vom
Zaumzeug befreit hatte.

„Qui, qui", lachte sie. „Heute ist Valentinstag.
Das ist ein wenig anders als bei euch Ochsen-
knechten im Land der Untertanen. Man küsst
sich, um selbst noch die Wartezeiten zu genießen, man ist freundlich zu den Polizisten, ohne
ihren Anweisungen zu folgen, man ist ein wenig
untreu, um Versöhnung feiern zu können. Wir
auf der Isle de France verehren den heiligen Va-
lentin sehr."

Da dämmerte es ihm. Diese Dame wurde

ihm vorab als seine Gastgeberin vorgestellt, eine Dame im gewissen Alter, das heißt deren Lebensalter man tunlichst nicht ausforschen sollte. Außerdem war sie eine Professorin für deutsche Sprache mit der Eigenart, in ihrem Lande mit Besuchern ausschließlich Französisch zu sprechen.

„Wohin fahren wir?"

„In meine Wohnung. Es gibt dann etwas Freiraum für Sie, bevor ich Sie in ein kleines Hotel bringe."

Er sah die Unmöglichkeit ein, dass sie ihren Besucher in ihrer Vorstadtwohnung logieren lassen konnte; denn sie beabsichtigte, mit ihrem Freund in Paris eine bezahlbare Wohnung zu finden. Das wäre wohl möglich, wenn beide ihre Rentenbezüge zusammenlegten.

Madame rapide, wie sie bei ihren Freundinnen hieß, fuhr los, als ob sie ihm die Trefflichkeit ihres Zunamens beweisen müsste. Sie bogen in eine Wohnstraße ein. Die war schon zu beiden Seiten mit Autos so dicht besetzt, dass keine Parklücke zu finden war. Sie bugsierte ihren Kleinwagen kurzerhand in eine halbe Parklücke hinein, quer zur Fahrtrichtung und dicht vor einer Hauswand.

„Aber Madame! Hier kann kaum ein Fußgänger passieren, ein korpulenter schon gar nicht."

„Mit den Dicken sollte man die Schlaglöcher verfüllen. Von dem Gesindel hier arbeitet niemand. Die kennen nur Fressen und Saufen und ab und an eine Frau vernaschen. Hier wählt man sozialistisch, wenn überhaupt jemand von denen einen lichten Moment dazu hätte. Die immer zu geizige Mutter Staat soll alles geben, was debile Tagesdiebe so brauchen. Alkohol und Sex würden denen auch reichen. Ich bin Gaulistin, wie Sie längst bemerkt haben dürften. Habe mein Leben lang hart gearbeitet und bin ehrlich geblieben.

Ich stamme übrigens aus demselben Dorf in den Ardennen wie der General. Nicht nur ein Haudegen im Krieg, auch sonst immer gut drauf. Könnte mein Vater sein."

Nach wenigen Schritten standen sie vor ihrem Haus. Vier Stockwerke hoch, und im Dachgeschoss wohnte Madame rapide. Einen Aufzug gab es nicht. Sein Gepäck konnte er im Wagen lassen. Er half ihr, die Einkäufe hochzutragen.

Auf dem höchsten Treppenabsatz angekommen, war es wohl Erschöpfung gemischt mit einer Prise Dreistigkeit, als er der Wohnungsinhaberin vorschlug, ihr von einer diplomatischen Affäre zwischen Deutschland und Frankreich berichten zu dürfen, worin dem von ihr verehrten General unfreiwillig eine üble Rolle zugetan wurde.

„Nur zu, junger Freund, eine Generalstochter kann viel aushalten."

„Meine Studentenzeit verbrachte ich zum größten Teil an der Universität des Saarlandes. Eine deutsch-französische Gründung aus der Nachkriegszeit. Ich wohnte in einem angegliederten Studentenheim. Es geschah an einem frühen Sonntagmorgen. Im Hause war es noch still. In der Gemeinschaftsküche hatte ich mir das Frühstück vorbereitet und trug das Tablett in den Essraum. Zu meiner Überraschung war schon ein Tisch besetzt: Studenten aus Frankreich in dunklen Anzügen an festlich gedecktem Tisch, ein Silberleuchter gab den Glanz dazu. Sie feierten offensichtlich das Examen eines Freundes. Ich gratulierte und erhielt ein Dankeschön zur Antwort.

Plötzlich barst unser Bayer von unserer Etage in den Essraum und redete sofort drauflos:

Oh lala, ihr Franzmen, sagt's mal, was macht denn euer Charles so? Kann er noch mit seiner Alten schlafen oder macht er's ihr mit seiner langen Nase?

Totenstille!

Die Franzosen erhoben sich, ohne ein Wort zu verlieren, und machten Anstalten, den Raum zu verlassen. Ich hob meine rechte Hand und besänftigte die Situation und bewog sie zu bleiben. Der Bayer war schon in der Küche verschwunden. Ich nahm mein Tablett und folgte ihm. Das Großmaul machte nicht den Eindruck, dass ihm die Brisanz der Situation bewusst geworden wäre."

Jeanette wandte ein: „Ein richtiges Großmaul, ein Berliner?"

„Nein, ein Bayer!"

„Welche Schande für das schöne Land! In meiner Studienzeit hatte ich das Mammutwerk ‚Gespräche mit Goethe' auf dessen Auffassungen zu Prosa und Poesie zu untersuchen. Dabei stieß ich auf seine Bemerkung über die Berliner: ein roher und verwegener Menschenschlag, dass man Haare auf den Zähnen haben müsste, um über Wasser zu bleiben."

„Das Vorkommnis blieb nicht in den Räumen des Studentenheims verwahrt; es ergaben sich Beratungen auf Rektoratsebene bis in die diplomatischen Vertretungen hinein. Man einigte sich schließlich. Unser Bayer, den wir Horsti nannten, durfte an der Uni bleiben, musste aber aus dem Studentenheim ausziehen. Selbst wurde ich als Zeuge vernommen."

Madame lachte merklich gequält. „Heute würden wir so etwas als einen dummen Scherz, einen etwas vulgär abgeglittenen, bewerten. Aber in jener frühen Zeit sich normalisierender Beziehungen zwischen unseren Ländern war für Aufregung gesorgt, und nicht zu knapp. Die gegenseitigen Sensibilitäten waren derzeit noch hochspannungsgeladen."

Ihm erschien die Antwort seiner Gastgeberin von diplomatischer Weisheit genährt. Auch lag Wohlwollen in ihren Worten. Er fühlte sich nun ermutigt zu fragen: „Madame, darf ich Sie bald bei Ihrem Vornamen nennen?"

„Aber gern! Ich heiße Jeanette. Und Sie, Monsieur?"

„Ich heiße Erwin."

Nach einem Begrüßungstrunk forderte ihn Jeanette auf: „Ich darf Sie nun in Ihr Hotel bringen. Es wird Ihnen dort gefallen. Ich habe noch etwas vorzubereiten. Meine Gruppe hat mich nämlich dazu auserkoren, in die Ziele und Lebensweisen unserer Friedensbewegung Pax et Bonum einzuführen."

Mit Rotwein, so dachte es in ihm, beugt man nicht nur dem Herzinfarkt vor; Rotwein stiftet Vertraulichkeit unter Freunden.

Der Clio hielt vor einem hübschen Haus in Ockergelb mit schilfgrünen Fensterläden, Geranien auf den Fensterbänken, dem „Petit Prince".

„Voilà, Monsieur Erwin. Da sind wir. Es wird Ihnen an nichts mangeln. Das Hotel wird von einem älteren Ehepaar, die Eigentümer von Haus und Garten sind, mit Liebe geführt."

Vom ersten Stock aus überblickte er einen ausladenden Platz, der im Hintergrund von einer Kirche mit umlaufendem Park begrenzt war. Autodächer bedeckten zunehmend die gepflasterte Fläche. Gegen den Zugang zum Kirchplatz konnte er das Verbotsschild „Interdit" lesen. Wem es galt, war in kleineren Buchstaben gedruckt und entzog sich seiner Leseschärfe.

„Avec petit-dejeuner?", fragte die Chefin des Hotels.

„Oui, Madame."

„Bonne nuit, Monsieur."

„Bonne nuit, Madame."

Am Morgen in der Früh waren die Autodächer verschwunden. Frauen mit Hunden hatten den Platz bevölkert. Wollstrümpfe in Hausschuhen, Morgenrock und Zigarette in allen Variationen. Sie standen beieinander und plauderten, als ob in der Nacht Weltbewegendes geschehen wäre. Die Hunde liefen frei herum und jagten einander auf dem Parkplatz und um die Kirche herum. Das Verbotsschild „Hier dürfen Hunde nicht" konnten die Scheißer nicht lesen, und die Zweibeinigen taten so, als ob sie das nichts anginge.

Mit den ersten Sonnenstrahlen eilten Leute über den Platz zu den Bäckerläden, um das lebenswichtige Baguette zu kaufen, das morgendlich frisch sein musste, damit der neue Tag gelingen konnte. Ohne war das nicht zu machen.

Im Frühstücksraum saßen schon frühe Bettflüchter, gebeugt über die Suppenschüsseln mit Milchkaffee. Ein mit Butter und Marmelade bestrichenes Baguettestück tauchten sie in die braunweiße Brühe und hielten den Kopf in Schräghaltung, damit das eingeweichte Stück abzubeißen war, ohne einen Tropfen neben die Schüssel zu vergeuden.

Die Chefin des Hotels tauchte auf und nickte ihr Bonjour in alle Richtungen. Sie war durchgehend in Pink getaucht. Wo die Revers ihres Morgenmantels spitz zusammenliefen, blickte ein Chihuahua mit großen Augen auf die Kaffeeschlürfer herab.

„Monsieur, in der Straße, wo Madame Jeanette wohnt, ist gestern etwas Abscheuliches passiert."

Sie blätterte die Zeitung durch und wies auf Bild und Artikel hin, die von einer Zwangsaussiedlung berichteten. Aus hygienischen Gründen musste das Gesundheitsamt eine Wohnung räumen, in der ein Rentner mit 1500 frei kleckernden Kanarienvögel lebte.

„Schrecklich", schüttelte sie ihre blonden Locken, „es ist nicht überall Champs-Elysées in Paris."

Da seine Gastgeberin Jeanette erst zum Nachmittag hin dienstfrei hatte – sie arbeitete einige Stunden pro Woche als Sekretärin bei einem Professor für Psychiatrie, um ihre Energie an interessanten Brennpunkten einzusetzen, wie sie erklärte –, hatte er einige Stunden für sich allein. Er legte sich aufs Bett und lies die fremden Geräusche der Weltstadt durch das offene Fenster an sein Ohr dringen.

Bald schon fiel er in Halbschlaf und er sinnierte über Jeanette und andere Französinnen, die er aus der Literatur kannte. Sein älterer Bruder und dessen Freund Gerd hatten manches aus eigener Anschauung erzählt.

Den Blick für die kleinen Exotinnen hatte ihm Gerd eröffnet, als er bei Besuchen wieder und wieder von den Mädchen in Paris erzählte, die in dem Studentenheim arbeiteten, wo er für zwei Semester ein Zimmer bezogen hatte. Eigentlich hätte er enttäuscht sein können von den Mädchen im Haus. Bei ihrer Arbeit legten sie so wenig Wert auf ihr Äußeres, dass ihm das Wort Verwahrlosung leicht über die Lippen gegangen wäre; verdreckte Schürzen, ungepflegtes Haar, zerschlissene Hausschuhe, die nachschlappten und nur einen schlurfenden Gang zuließen. Dreckig und speckig, wie sie waren, hätte man sie an die Wand kleben können.

Doch wenn sie nach ihrem Feierabend ausgingen, hätte er sie kaum wiedererkennen können, diese Lilian, Georgette, Francoise und Janin. In dem berühmten kleinen Schwarzen, auf Figur gearbeitet, ansonsten schlicht und ohne Schmuck, trippelten sie zu ihren Tanzvergnügen. Sie ließen sich weder einladen noch in irgendeiner Weise über sich bestimmen, was für Mädchen in ihrem Alter angebracht wäre und was nicht. Und sie waren es auch, die zum Tanz aufforderten. Kurz: sie hatten in vielen Stücken die Kummerexistenz abgelegt, was das Mauerblümchendasein deutscher Mädchen noch niederhielt. Das kleine Schwarze festigte ihr selbstbestimmtes Auftreten im heiteren Licht des Jungseins.

In diesen Fantasieblick von den Französinnen im kleinen Schwarzen mischte sich das Aufmerken der Isa Vermehren, in ihrem Bericht über ihren Aufenthalt in einem Konzentrationslager, betitelt „Reise durch den letzten Akt" (1998). Voll Bewunderung schaut sie auf die mitgefangenen Französinnen, die es verstanden, in den unwürdigsten Verhältnissen ihren Charme, ihre Anmut und den Stolz ihrer Nation nicht zu verlieren.

In die Gedankenflüge des Tagträumenden mischte sich auch die Stimme des schwedischen Schriftstellers Ivar Lo-Johansson. In seinem Frankreichbericht konnte er sich nicht verkneifen, seinen Blick auf die Französinnen preiszugeben. Er fand offensichtlich nicht genug der lobenden Worte und behalf sich mit der Feststellung: „Französinnen haben Stil. Selbst wenn sie im Straßenverkehr in Paris von einem Auto überfahren werden, sind sie darauf bedacht,

Würde zu zeigen."

Über die dahinschweifenden Traumbilder musste er wohl tief eingeschlafen sein, als Frau Jeanette ihn aufweckte, auf ihre Art: Sie sprang einige Male hoch und brachte nicht fest montierte Dinge zum Erzittern. Von unten wurde gegen die Decke geklopft.

„Cretin!", sagte sie lachend, „kann nichts anderes als Bumbum." Dann schrie sie für ihn unverständliche Wörter, vermutlich die gröbsten ihres Repertoires.

„Je suis coléreuse."

Cholerisch, auch das noch zu allem anderen, dachte er still für sich. Aber nicht weniger liebenswert, ja geradezu charmant zu nennen.

„Merci, très gentil, Erwin! Wir müssen fahren. Um 16 Uhr sollen wir in Chartres sein. Zum Treffen der französischen Gefährten des heiligen Franziskus. Vorher fahren wir bei meiner Bank vorbei. Ich brauche nur eine Unterschrift zu leisten. Es wird sehr schnell gehen."

Sie fuhren durch eine Nebenstraße, eine Einbahnstraße, einspurig die Fahrbahn bis zu einer Ampel, die auf Rot stand.

„C'est rouge, Madame?"

„Non, non, non petit amateur de feu!"

Sie sprang aus dem Wagen, knallte die Fahrertür hinter sich ins Schloss und verschwand in der Bank. Die Ampel wechselte auf Grün. Ein Hupkonzert setzte ein und steigerte sich während der Grünphase zu nervenzerreißender Dringlichkeit. Er duckte sich im Wagen tief hinab, wünschte im Boden zu versinken.

Die Sekunden zwischen den Farbwechseln der Ampel dehnten sich dem Ängstlichen zu Ewigkeiten. Endlich erschien Rot und die erregte Frau Jeanette: „Was veranstaltet ihr so einen Höllenlärm, könnt ihr es nicht abwarten, bis ihr dort landet? Seid ihr neben eurer Blödheit auch noch mit Farbblindheit geschlagen? Es ist doch Rot, ihr *salauds*!"

Der häufige Wortgebrauch in der aufschäumenden Rede von Frau Jeanette machte Erwin neugierig. Er fand im Lexikon die deutsche Bedeutung: *salaud* heißt „Saukerl".

Sie fuhren durch die Vorstadtviertel der Stadt hinaus und erreichten die Autobahn in Richtung Chartres.

„Ich werde ihm voll die Brust geben, damit er zeigen kann, was noch in ihm steckt." Der Clio schnurrte brav dahin. Ihm kam es so vor, dass die Fahrerin mit ihrem rollenden Untersatz beständig murmelte. Der Beifahrer sah zu ihr hinüber und bemerkte, dass sich zwei Hügelchen gebildet hatten, vom straff anliegenden Gurt hervorgepresst. Bei einer Kurvenfahrt zog der Gurt sich dermaßen zusammen, dass das Dekolleté sich beachtlich vergrößerte.

Frau Jeanette räusperte sich: „Geben Sie Acht, Erwin! Hinter dem nächsten Wäldchen taucht bald die Silhouette von Chartres auf."

Erwin dachte an die mannigfaltigen Erzählungen von Pilgern, die auf einsamen Wegen Chartres erreichten. Zur Zeit nach dem Kriege vollendete sich das Studium in Paris durch die fast obligat zu nennende Wanderung nach Chartres.

Ihm aber stand der Abschied von Frau Jeanette bevor. Würde er mit Goethe sagen können: „Sie ist eine Seligkeit, für die man gern ein Fegefeuer aussteht"?

Wie eine Bildrede in mir rumorte

„Don't practise your Blarney on me!"

„What's a Blarney, Madame?"

„Mademoiselle, s'il vous plâit", gab sie zurück.

Bei einer der folgenden Gesprächsverwicklungen setzte Georgette M. den Blarney präziser ein gegen mich, der ihr den Redefluss zu stören schien:

„You have kissed the Blarney Stone!"

„What's about the Blarney Stone, Madame?"

„Mademoiselle, pleeeeeeease", zischelte sie, ihre Missbilligung nur noch notdürftig verbergend.

Georgette M. hatte ihre britisch korrekte Prägung abbekommen in Diensten einer französischen Niederlassung in England und Irland. Vier Jahrzehnte ihres Berufslebens hatte sie in jenen Ländern zugebracht, im Verlauf derer, so argwöhnte es in mir, sie den Charme eingebüßt hat, den man von einer Französin zu erwarten gewohnt ist. Spitz und korrekt, distanziert und auf Würde bedacht, im Übermaß britisch geworden, hatte sie ihre Laufbahn als Wirtschaftssekretärin im Außenhandel beendet. Diese Haltung favorisierte sie, zur Leiterin eines Kurses zu avancieren, in dem Jahrhundertsommer Schwedens im Jahre 1999.

Der Blarney Stone begann mich zu interessieren. Und ich fragte Kursteilnehmer um Kursteilnehmer, wir waren insgesamt 17, was es mit diesem englischen Stein auf sich habe. Fußte das Küssen des Steines auf einem angelsächsischen Erzählhintergrund, der sich aus dem Reich der Fabel nährte und sich zu einer Sprechweise verselbstständigt haben musste, die nur in der Heimat der Fabel verstanden wird?

Eine Antwort blieb mir vorenthalten, infolgedessen Georgettes spitze Bemerkungen umso heftiger in mir weiterrumorten. Die Bildrede lief ihrer Bedeutung hinterher, die die Sprecherin in ihrer sinnfälligen Redeweise doch nur notdürftig hatte verbergen können.

In der Kühle des Spätherbstes meldete sich die unbeantwortete Frage zurück. Vor einem Regal in unserer Stadtbibliothek nachsinnend, schaute mich die Encyklopädia Britannica an. Ich schlug unter B nach und wurde fündig: Der Blarney Stone befindet sich unterhalb der Befestigungsanlagen von Blarney Castle, nordwestlich von Cork City in Irland. Ihm wird nachgesagt, dass er Beredsamkeit dem verleihe, der sich mit dem Kopf nach unten in die Schlucht hinabwage und auf diese Weise abwärts hängend den Stein küsse. „This can be achieved only by hanging head

173

downward.“

Georgette M. war mir über die zehn Tage hindurch, die der Kurs beanspruchte, die Antwort schuldig geblieben und blieb es, solange wir in Briefwechsel standen. Und schlimmer noch, so treibt mich mein Argwohn voran: sie hatte mir die Erklärung in strafender Absicht vorenthalten; denn wer Beredsamkeit nach Art des Blarney Stones an ihr ausübte, musste am Nasenring in der Arena der Ahnungslosigkeit vorgeführt werden. Es dämmerte mir: sublime britische Art, einen Widerling zu disziplinieren.

Unterdessen, so muss ich bekennen, hatte ich sie für ihre englische Spitznasigkeit bestraft, indem ich ihren Namen Georgette klangverwandt mit den Gorgonen mir vorsagte. Von denen ist Medusa die bekannteste jener weiblichen Ungeheuer der griechischen Sagenwelt, deren schlangengelocktes Haupt jeden in Panik und bis zur Verzweiflung trieb, der es frontal zu Gesicht bekam. Es vermöchte auch heute noch genügend Abscheu erregen, wenn Leben in ihre Steinbilder zurückkehrte.

Als schon ein Morgen Gras friedlich über dem unaufgeklärten Redeverhalt zu sprießen begonnen hatte, schenkte mir so ein Gebärdenmensch ein Buch. Diesen Schenkenden ordnete ich nämlich jener Sorte zu, die die deutliche Rede meidet, sich aber umso findiger mit dem Metier der nonverbalen Aufspielungen auskennt. Den gut gemeinten Gepflogenheiten folgend, nahm ich das Buchgeschenk mit Freude an. Ich hielt die Beteuerung in meinen Händen, dass eine „wahre Geschichte" preisgegeben werde, und titelte: „Ein Mann, der die Wörter liebte". Geschrieben hat es der Journalist Simon Winchester.

Welches Maß an Wirklichkeitsverzerrung wir einem Journalisten gemeinhin auch zutrauen mögen – diese Geschichte übersteigt die übliche Manie der Spalten- und Seitenvöllerei und schließt den Verdacht nach Schlimmerem aus. Denn in dem angerichteten Gewirr von Mondscheinmorden, von Genie und Wahnsinn, von Gelehrsamkeit diesseits und jenseits der Gefängnisgitter führt die Liebe zu den Wörtern ordnend Regie. Der Mondscheinmörder macht sich für sein Gefängnis unentbehrlich, nachdem er sich dazu entschlossen hat, an der Erstellung des Oxford English Dictionary mitzuwirken, für welche Aufgabe das Lebenslänglich des Co-Autors nicht lang genug sein kann, wie sich bei der Lektüre herausstellt.

Der Forscher hinter Gittern verfährt dabei so, dass er die geläufige Bedeutung eines Wortes in Redezusammenhängen der Literatur aufspürt, Bedeutungsnuancen feststellt und diese chronologisch dem Suchwort zuordnet.

Wort um Wort unter der Sparte B, die dem

Gefängnisforscher zugeteilt sind, lasse ich vor meinen Augen vorüberziehen, erfreue mich an den farbigen Buketts der Bedeutungen, bis ein Raster beim dem Wort „blab" einhakt: Plappern, Schwätzer, Schwätzerin, Geschwätz sind aus den Fundorten aufgelistet. Einfach wie Bla-Bla-Sagen.

Und ebenso einfach Blarney, so kombiniert's in mir, weil ich mich meiner Manie der Wortbedeutungswuselei hingegeben habe, die ich jeder prüfbaren Herleitung vorziehe: aus Liebe zu den Wörtern, die der solchermaßen Beschenkte schuldet. Der Gleichklang der ersten drei Buchstaben bla, in blab und Blarney, verdichten sich in mir zur Gewissheit. Aha! Die Blarney-Stone-Begabung meint also nicht zu rühmende Beredsamkeit, eloquence, die Kunst der wohlgesetzten Rede, sondern deren Abart: Geschwätz! Also da lag der Hund begraben über Jahresfrist. Irrt die stolze Encyclopädia Britannica in ihrer Auskunft, der Kuss des Blarney Stones vermittele die Kunst der geschliffenen Rede?

Und erzählte mir nicht unlängst ein französischer Freund von seiner Schwiegermutter und schloss seine Rede nicht mit „elle bavarde toujours"? Was ich mir übersetzten ließ: Sie schwätzt immer drauflos.

Also ob bla oder bav – der Liebhaber der Wörter lässt sich durch kleine Verstümmelungen des Wortes nicht beirren! Für Schwätzen, Bla-bla-Sagen, gibt es ein völkerverständigendes Grundwort.

Nach dieser Erkenntnis fühlte ich mich aufgefordert, meine Widersacherin von einst, Georgette M., zu rehabilitieren. Und attestiere ihr, dass sie sich einer Redweise bedient hat, englischem Höflichkeitsgebot verpflichtet, die mich selber darauf bringen sollte: dein Geschwätz geht mir auf die Nerven!

Sie hat mich schonend in den Spiegel meiner Eitelkeit schauen lassen. Ich werde sie künftig mit Mademoiselle anreden, was ihrem Selbstwertgefühl gut bekommen wird.

„Don't practise your Blarney on me" und „you have kissed the Blarney Stone" erweisen sich als eigentümlich verschlüsselte Redensarten, die sich nur dem erschließen, der sich mit der irrlichternden Welt der Legenden, Fabeln und Märchen des Sprachlandes einlässt. Georgette M. ist so eine. Was mir passiert ist, teile ich gern mit anderen Blarney-Begabten, damit auch sie die simple Intention von „Besser Maulhalten" sich der eigenen Wertschätzung zurechnen und beflügelt weiterschwätzen. Und die meisten hierzulande haben auch gar keinen Bedarf, den Blarney-Stein zu küssen. Sie sind schon bis an oder über die Zumutbarkeitsgrenze hinaus mit Blarney-Substanz aufgeladen. Und ich weiß, wovon ich rede, for I have kissed the Blarney Stone. Georgette ist begierig darauf, es zu bezeugen.

Man muss auch nicht unbedingt eine Reise nach Blarney Castle unternehmen, um sich vor Ort von der Bedeutung dieser Redensart zu überzeugen, zumal jedes Wörterbuch Auskunft darüber erteilt, dass blar-ney Schmeichelei und Schmus bedeutet. Wenn sich dennoch die Reise lohnte, für den einen oder für die meisten anderen, dann deswegen, weil sie sich die überhitzten Lippen am kühlen Stein der bedachtsamen Rede abzukühlen wünschten, wo auch immer ein solcher in der Geschwätzigkeit der Moderne anzutreffen wäre. Und vordringlich aus Scham darüber, dass wir im eigenen Land so viel Schwatzhaftigkeit haben. Von diesem Überschuss würden wir gern in das Land exportieren, aus dem wir die Maul- und Klauenseuche einführen (zur Zeit der Textabfassung war es England). Sozusagen als Handelsbilanzausgleich.

Um nun den Wortanbrandungen von schwatzhafter Beredsamkeit und vice versa von beredter Schwarzhaftigkeit, vor Verzweiflungsausschluss, noch etwas Praxistaugliches abzugewinnen – setze ich hier den Punkt.

Während ich die Buchstabenjagd über unbesudeltes Papier zu beenden trachte, meldet sich das derzeit unverzichtbare Wort aus der Fußballersprache zur Beachtung: „schlussendlich". Ohne einen Reisetipp zur Praxis von Bla anzufügen, bliebe das Buchstabengewimmel bla und blass.

Nördlich von Münster besuchte ich die Kleinstadt, die anstelle eines Zentrums ein chinesisches Speiselokal vorweisen kann. Welche Gelegenheit! Es war Spargelzeit, die herrlichen Stangen in Stücke geschnitten und im Wok zubereitet!

Kommt Zeit, kommt Bedarf. Wir folgten den Hinweisen zu den Toiletten. Vorauseilend die Frage: mit welchem Symbol die Zweiheit auf den Türen verständlich gemacht werden würde. Auf der einen stand vereinsamt das Wörtchen bla zu lesen. Und der Paarling? Vollgeschrieben mit den Wörtlein bla, bla, bla bis in den letzten Winkel.

Eine Verwechslung wäre bisher nicht beklagt worden, versicherte der Wirt.

Die Quintessenz des Tages: Die weibliche Zuordnung von bla erschien uns nachgewiesen zu sein: bla und die Kehre alb.

Der Blasiert-Gebildete schließt sich dem Altmeister an. Mit Goethe auf Entdeckung der Ursprache: Mit Anschluss an das Ewig-Weibliche soll die Welt genesen.

Telefonieren mit Marga

„Bist du's, Marga? Wo hast du so lange gesteckt?"

„Weißt du doch, eingebunkert. Nun wird es heller mit jedem Tag, und es jubelt in mir, kaum auszuhalten: ich bin raus! Kann nachts nicht schlafen und wandere durch die Stadt, die Pader-anlagen und durch die Wälder am Schützenplatz, begrüße das neue Grün und sehe es wachsen und wachsen. Und singe wie damals bei meinen Büh-nenauftritten. Es passiert dann öfter, dass mir ein grün-weißer Wagen folgt, wenn ich nachts auf Tour bin. Neulich nachts überholte mich ein grün-weißes Fahrzeug, ich dachte zuerst an ein Bullentaxi, doch dann stiegen zwei nette jun-ge Männer in grünen Jacketts aus und fragten: Junge Frau, können wir Ihnen helfen? Haben Sie sich verlaufen? Wir fahren Sie gern zu Ihrer Wohnung.

Wie freundlich von Ihnen, meine Herren Oberförster, bemühen Sie sich nicht vergeblich! Mir ham'se nämlich die Wohnung geklaut. Nur weil ich das Treppenhaus blau gestrichen habe, hätte ich Sachbeschädigung begangen und wurde gekündigt. Wenn Sie mir dennoch helfen wollen, ich versichere Ihnen, das wäre gentlemanlike, unterschreiben Sie bitte meine Eingabe an die Menschenrechtskommission der UNO: Freiheit für alle Kinder im Laufstall!"

„Marga! Rufst du aus Israel an, wohin du auswandern wolltest, soweit ich mich an deine letzte Nachricht erinnere?"

„Weißt du doch, Simon", sagte sie etwas kleinlaut, „ich bin doch – und das schon seit über 20 Jahren! – immer wenn die dunkle Jahreszeit anbricht, an Paderborns erster Adresse in der Agathastraße zu erreichen. Dort treffe ich die gesamte popelige Prominenz von Paderborn und Umgebung. Im Vertrauen: dort machen sie dich lang, dass du in keinen Sarg mehr passt."

Dann wurde ihre Stimme laut, wie sie normalerweise spricht: „Die da oben, die ficken sich durchs Leben und halten sich für die Kings. Wenn die Wichser noch einmal in meine Wohnung eindringen, wichse ich zurück."

Und begann dann zu schreien: „Ich bin schließlich ohne Betäubung geboren worden, habe die ganze Klinik zusammengeschrien, und heute werfen die mir vor, ich rede zu laut."

Einige Tage später rief Marga erneut an und fragte sehr höflich: „Störe ich dich? Was machst du gerade?"

„Ich räume meinen Schuhschrank auf", antwortete ich.

„Ja, aufräumen! Das ist das meistgebrauchte

Wort in Deutschland. Wie viel Paar Schuhe hast du?"

Ich sagte: „So an die 250."

Marga darauf: „Ich habe genauso viele. Das bedeutet doch wohl, wir sollten zusammenschmeißen und eine Wanderung nach Santiago zu den Kompostheiligen da hinten unternehmen. Aber fünf Pakete Sanella müssen wir mitnehmen."

„Wozu das, Marga?"

„Für unsere Hacken zu schmieren, sonst könnte es uns passieren, dass wir in der Überholspur rückwärts laufen."

„Also", beendete ich unseren Ausflug, „kurze Rede, langer Unsinn: wie ich deinen Darlegungen entnehmen darf, hast du deine Auswanderung nach Israel erneut verschoben."

„Weißt du das denn nicht, Simon? Die halten uns hier in einem Biotop für Bekloppte gefangen. Die Bekloppten da oben lassen keinen von uns Bekloppten hier unten mehr raus. Alle Ausreiseanträge sind kassiert worden. Übrigens, sag deiner Frau, Marga ist eine ausgezeichnete Gynäkologin. Sie dürfte sich vertrauensvoll an mich wenden."

„Dann bin ich Dr. Fummel!"

„Na prima! Dann lass uns eine Gemeinschaftspraxis aufmachen. Aber zuerst brauchen wir eine Schubkarre Pommes frites. Nun rate mal, wen ich in Bad Elster getroffen habe, als ich dort einen Besuch machte, um meine Fürstenloge zu besichtigen? Du errätst es nicht! Den Biolek! Der tat so, als ob er mich nicht kennte. Ich zu ihm: Mensch Bio, das war doch bestens während unserer Kölner Zeit, als wir gemeinsam Kabarett gemacht haben. Ich spielte damals deine lesbische Alternative. Was, weißt du nicht mehr? Oh Mann, Bio, leck!

He, sag mal, hörst du mir überhaupt zu? Oder bist du ein Bier am süppeln? Wenn ich erst wieder die Alte bin, den Bindfadenmündern werd ich einheizen, denen schiebe ich einen Massagestab unten rein und kitzele sie so lange, bis sie in höchster Ekstase winseln: Jesus ist ein fröhlicher Gott!"

„Aber ich bin doch schon missioniert, hörst du, Marga?"

„Wenn das nicht helfen sollte, dann mache ich Bungeespringen mit denen, binde das Gummiseil um unsere beiden Füße und nix wie runter vom Brückengeländer mit dem Kopf voran ins Wasser, hochgezogen und erneut runter ins Wasser, so lange, bis auch die abgedrehteste Tussi krächzt: Jesus ist ein fröhlicher Gott! Oh Mann, Simon, ich werde verfolgt von dem Wahn, ich müsste alles selber machen, damit überhaupt etwas geschieht. Und dabei bin ich so unpolitisch wie ein Eimer mit Schrubber, ebenso wenig wie dem Beus sein Hauptwerk Kunst ist."

Lennart, der Seemann

Die Lampe über dem Esstisch brannte seit zwei Stunden. Milde Temperaturen am Tag, Neigung zu Nachtfrösten und frühe Dunkelheit, Frühherbst in Mittelschweden, in dem Jahr, als ich Lennart kennenlernen sollte. In Deutschland war es die Zeit vor der Wende.

Der Wetterbericht war ihnen so wichtig wie eine Kiste Pilsener im Keller. Drei Gläser für Bier und eine Tasse für Tee erwarteten den angekündigten Besuch. Lennart war am Vortag heimgekommen von einer Ostasienreise. Nach neun Monaten zur See gab es drei Monate Landurlaub.

Es hieß, Lennart sei krank. Ich muss wohl ein bedenkliches Gesicht gemacht haben, dass Sven, Lennarts Bruder, mir erklärte: Lennart litte unter der Landkrankheit. Nicht weiter gefährlich, und nach drei bis vier Tagen wäre alles vorbei.

Ruth, Svens Angetraute, entschuldigte sich vorbeugend. Lange könnte sie nicht durchhalten. Der Holzexport florierte. Es wären anstrengende Tage für alle Mitarbeiter, sowohl in der Produktion als auch im Verkauf.

Das kinderlose Ehepaar war in seinen Interessen und Liebhabereien derart zusammengewachsen, dass ihre Namen wie in einem Begriff genannt wurden: Ruth und Sven. Selten sprach man von einem allein.

Lennart, ja, das war einer! Der brachte einen Hauch der weiten Welt in den verschlafenen Ort der Holzwirtschaft. Wohl gab es einige Fremdarbeiter im Ort, doch die blieben unsichtbar. Die Finnen wollten für sich sein. Nicht einer von ihnen hatte sich um die schwedische Sprache bemüht. Und die wenigen Letten vermieden jeden überflüssigen Kontakt zur schwedischen Bevölkerung. Sie sprachen nicht von ihrer Heimat, der derzeit 15. sozialistischen Republik in der Sowjetunion. Der Große Bruder überwachte seine Bürger, auch im Lande ihrer Zuflucht, im neutralen Schweden.

Es donnerte an der Terrassentür, die die Wohnküche mit einem Kräutergarten verband. „Lennart kommt", sagte Ruth. Bevor sie „Stig på!" ausrufen konnte, stand der Besucher im Türrahmen, den er ganz ausfüllte.

„Hej", grüßte Lennart, hangelte sich zum nächsten Stuhl und setzte sich mit einem Seufzer. „Ihr müsst entschuldigen. Mir geht es wie einem, der seine Mittelachse verloren hat. Will ich nach rechts, verlagert sich mein Körpergewicht nach links. Und umgekehrt. Gestern Nachmittag bin ich bei Mama und Papa angekommen. Sie steckten mich bald ins Bett. Aus dem Schlaf wurde

185

nichts. Ich fühle Müdigkeit am ganzen Körper, aber bin trotzdem hellwach."

Ruth und Sven stellten mich dem Fahrensmann vor: „Das ist unser Freund aus Deutschland. Er wohnt bei uns für ein paar Tage. Ihn treibt der Gedanke um, dort unten am See ein Ferienhaus zu bauen."

„Sehr interessant. Besuch mich mal, Simon, wenn ich wieder ein normaler Mensch bin. Ich habe im Nachbarort eine ältere Villa gekauft. Die will ich so nach und nach renovieren. So in drei bis vier Jahren mache ich Schluss. Wenn man die 40 passiert hat, spürt man, dass der Job unter Deck ein Knochenjob ist. Trotz Kühlung haben wir im Maschinendeck ständig über 40 Grad. Das schlaucht gewaltig."

Sven, der als Autoschlosser arbeitete, begann sich für den Schiffsmotor zu interessieren.

„Was wiegt ein Ventil am Pkw-Motor?", fragte Lennart.

„Ich schätze um die 200 Gramm", meinte Sven.

Lennart lächelte überlegen: „An unserer Maschine wiegt ein Ventil so viel, dass ich Hilfe in Anspruch nehmen muss, wenn ein Austausch ansteht. Mit ca. 100 Kilo auf 1 Meter 80 Höhe hat man seine Not, damit fertig zu werden. Ein Kollege hat sich aus einem ausgebauten Ventil eine Stehlampe gebastelt."

Die Fachsimpelei über Motoren zog sich hin.

Ich musste darüber eingeschlummert sein und erwachte, als auch Sven Vorkehrungen traf, sich zurückzuziehen: „In drei Stunden ist für mich Arbeitsbeginn. Ich will mir noch eine halbe Mütze Schlaf holen. Weiterhin gute Fahrt, ihr beiden!"

Mit Sven war der üppige Gesprächsstoff schlafen gegangen. Ich versuchte da anzuknüpfen, was Lennart zuvor gestreift hatte, die Situation in den asiatischen Häfen.

„Lennart, findet ihr Zeit, euch während des Be- und Entladens im Hafen und der Stadt umzusehen?"

„Das ist leider nicht immer möglich. Nur wenn die Schauerleute im Hafen für bessere Entlohnung streiken, dürfen wir von Bord gehen, bis die Schiffssirene uns mahnt zurückzueilen. Die letzten Stadtbummler werden vom Chef mit Wutanfällen traktiert, weil die Liegegebühren so enorm gestiegen sind.

Andererseits ist unser Kapitän verständnisvoll, man darf sagen hochherzig, gegenüber den Heerscharen von Mädchen, die ein anliegendes Schiff belagern. Er erlaubt ihnen sogar, an Bord zu kommen. Als ich einmal nach dem Anlegemanöver in einem indischen Hafen erwachte, der Schiffsingenieur hatte persönlich meine Wache übernommen, traute ich meinen Augen nicht: das Deck konnte den Kindergarten kaum fassen.

Es wimmelte überall von kleinen Mädchen, auch in den engen Gängen zu unseren Kajüten. Eine der braunen Schönheiten überragte ihre Kolleginnen um einen halben Kopf. Sie winkte mir zu und machte mir ein Zeichen, das eine Zigarette erbat. ‚No smoking‘!, rief ich und bedauerte zugleich meine Absage. Ein Kollege half mir aus der Klemme und steckte mir eine Schachtel Players zu. Das Mädchen hatte mich mit den Augen fixiert, fing die Schachtel auf und arbeitete sich durch die Mädchenhaufen bis zu mir. Ich war erstaunt, was ich zu sehen bekam. Eine schlanke Gestalt, nach europäischen Maßen mittelgroß, hellbraune seidige Haut, schön geformte Lippen und herrliche Zahnreihen und ein warmes Lächeln, das mir auf der Stelle klarmachte: du hast Zuneigung gefasst zu ihr, die sich als Siri vorstellte.

Meine Flamme trug einen türkisfarbigen Sari, der das Kopfhaar locker verhüllte und unter dem sich sehr dezent ihre fraulichen Formen abzeichneten. Mein Blick wanderte abwärts bis zu den bloßen Füßen, die überdeutlich Spuren der verschmutzten Straßen kundtaten.

Siri ließ sich ohne Gegenwillen in meine Kajüte führen. Dort zeigte ich ihr als Erstes die Duschkabine und machte ihr klar, sie müsse wenigstens eine halbe Stunde duschen, bevor ich sie herausholte und sie mir ihre Zuwendungen antun dürfte.

Simon, du ahnst nicht, wie zudringlich Armut riecht. Die Lust auf Essen und Trinken vergeht dir und du bemühst dich, die schlechte Luft nicht in dich hineinzulassen, bis dir schwindelt. Ich habe mich nie daran gewöhnen können.

Siris Haut fühlte sich tatsächlich wie Seide an. Ich war unfähig, mich zu regen, ich nahm ihre Berührungen dankbar an. Ich glaubte, eine Märchenfee hätte mich in ihren Zauberbann aufgenommen und ließe mich nie mehr los. Simon, ich fühlte mich einfach … Wie du an meinem Stammeln ersehen kannst, ich finde keine Worte für die Intensität des Erlebens bei ihr."

„Lennart, in Deutschland pflegt man bei derartiger Sprachlosigkeit zu sagen: du weißt schon, man kann auch im Stillen Gutes tun."

„Ja, genauso fühlt man sich. Bei einem längeren Aufenthalt im Hafen ihrer Heimatstadt nahmen wir uns ein Taxi und fuhren zu Siris Familie in eine Hüttenvorstadt. In einer winzigen Hütte mussten leben, ich begann zu rechnen, mit der halb erwachsenen Tochter kam ich auf acht Personen. Die Eltern begrüßten mich überaus freundlich, verneigten sich vor mir, als ob sie unser König Carl Gustav persönlich besuchte.

Mir wurde bald klar, dass Tochter Siri die Ernährerin der Familie war, diejenige, die Geld zum Überleben der Familie nach Hause brachte.

Der Vater war abgemagert. Ein verkrüppeltes Bein hinderte ihn daran, eine bezahlte Arbeit zu finden. Die Mutter, gleichfalls abgehärmt, hatte ihre Not, fünf jüngere Geschwister durchzubringen.

Ich schämte mich dafür, dass ich Siri nur so bezahlt hatte, wie sie verlangt hatte. Vor dem Ablegen unseres Frachters schenkte ich ihr einen kompletten Wochenlohn. Nun verstand ich unseren Kapitän, der Mädchen aus derartigen Notlagen an Bord kommen ließ.

Aber Geldgeschenke, wie großzügig sie auch ausfallen sollten, konnten mich nicht beruhigen. Der Traum war geplatzt, ich war aus dem Märchen verstoßen. Ich musste den Wunsch austilgen, Siri zu meiner Frau zu machen und sie mit nach Schweden zu nehmen, in das Häuschen, das ich bis zu unserer Heirat renoviert haben würde. Ich durfte doch der bedürftigen Familie die einzige Stütze nicht nehmen. Insofern glaubte ich an die Redensart, dass Schifffahrt auch seelische Wunden heilt.

Siri und ich trafen uns noch etliche Male. Siri hatte gelernt, sich beim Amt für Schifffahrt schlauzumachen, wann unser Frachter den Hafen unserer spontanen Zuneigung anläuft. Doch das Gewesene lag unüberbrückbar zwischen uns. Wir hatten uns wortlos verstanden."

Ich bemerkte, wie Lennart der schönen und

liebevollen Freundin nachschaute und still wurde.

In jener Nacht, als der Seemann mit seiner Schlaflosigkeit rang und ich gegen meine Müdigkeit ankämpfte, sagte ich, wie um wach zu bleiben:

„Lennart, und wie waren die Mädchen in Japan?"

„Oh, Simon, die waren so winzig. Ich habe zwei auf einmal mit in meine Kajüte genommen und wusste nichts Rechtes mit ihnen anzufangen."

Gegen 7 Uhr in der Morgendämmerung hievte sich der nächtliche Gast von Tisch und Stuhl hoch und suchte nach einem Halt in der Senkrechten.

„Ich versuche mich auf den schwankenden Bohlen meiner Heimatstadt bis ans andere Ende zu schleppen. Ein Freund erwartet mich zum Frühstück. Mach's gut so lange, alter Freund. Und bleib weg von der Seefahrt. Die Mannschaften werden doch immer krimineller. Wenn von uns welche im Gefängnis sitzen, und das kann schon wegen Lappalien passieren, werden wir Kräftigeren ausgesandt, um schleunigst für Ersatz zu sorgen. Egal wer das sein mag. Der Gehaschte muss an Deck nur gerade in der Reihe stehen können, wenn die Hafenpolizei die vorgeschriebene Mannschaftsstärke feststellt und die Erlaubnis zum Auslaufen gibt. Aber das sind ganz andere Geschichten. Davon ein andermal. Leb wohl!"

Etwa 10 Jahre später, als Lennart von der Seefahrt sich verabschiedet hatte und die Villa im Nachbarort renoviert und bezogen war, hörte er davon, dass dieser Simon bei Ruth und Sven zu Besuch weilte. Lennart lud unmittelbar nach Kenntnisnahme zu einem Familientreffen ein. Seine Familienangehörigen wohnten unweit von seinem Wohnort, die seiner asiatischen Frau kamen aus dem Norden angereist.

Lennart stellte mir seine Frau vor: „Das ist Philippa. Ich habe sie bei einer meiner letzten Fahrten in einem Hafen des Inselstaates kennengelernt. Einfachheitshalber heißt sie wie ihr Land, weil ich ihren Namen nicht nach ihrem Gefallen aussprechen konnte."

„Ich hatte erwartet, deine Flamme Siri anzutreffen. Du hast sie wohl nur schwer vergessen können."

„Für mich ist sie auch Siri. Davon rede ich nicht zu ihr. Die Eifersucht darf man nicht von der Kette lassen. Als klar war, dass meine derzeitige Reederei auf einen Konkurs zulief, habe ich gekündigt und bei einem anderen Unternehmen angeheuert. Der neue Frachter lief keinen indischen Hafen an; wir versorgten die südasiatischen Inselreiche. Darunter eben auch die Philippinen.

Weißt du, Simon, ein Fahrensmann darf nicht Sachen oder Menschen, auch nicht einem zauberhaften Wesen, anhaften, bevor er sich zur Ruhe setzt. Der Landratte gehört der Rest seines Lebens."

„Ob eine Landratte das finden kann, was man bürgerliches Glück nennt?"

„Wer will das schon wissen. Ich sonne mich täglich in Philippas Lächeln und freue mich mit den beiden hübschen und tüchtigen Kindern, die sie uns geschenkt hat, der eine ein rassenreiner Philippino, die andere eine philippinisch-schwedische Gemeinschaftsproduktion. Und zu allem Überfluss habe ich mir hier am See einen einträglichen Beruf aufgebaut. Ich repariere moderne Boote und restauriere historische."

Lennart Holm hatte seine Mittelachse wiedergefunden.

Salzburger Vorstadt Numero 15

„Sieh mal, was in der Zeitung steht!"

Meine Gefährtin am Frühstückstisch durch mehr als 40 Jahre reicht mir die Zeitung von heute, vom 21. September 2016, und hält ihren Zeigefinger unter die Überschrift: „Was wird aus Hitlers Geburtshaus?"

„Na endlich", und sie spricht es mit dem Ton von Entrüstung, „na endlich werden die da in Braunau gescheit und wollen das Spukhaus, von dem man nur unwillig zugibt, dass es das Geburtshaus des größten Sohnes der Stadt sei, abreißen. Ja, zu der Einsicht benötigten die Braunauer mehr als ein halbes Jahrhundert. Ich will nur hoffen, die baggern auch das richtige Haus weg, die echte Nummer 15 an der Salzburger Vorstadtstraße. Denn die Hausnummer 15 wurde schon bald nach dem Untergang des Hitlerreiches entfernt. Abriss, Punctum, und ein neues Blatt im Geschichtsbuch wird aufgeschlagen. Ich verstehe die Braunauer. Sie wollen sich vom Hals halten, dass aus ihrer Stadt ein Kult- und Wallfahrtsort der Neonazis wird."

„Halt, nicht so schnell, was lange währt, hieß es früher, wird endlich gut, was sich in unseren

Tagen in Wut pervertiert hat, wovon auch deine Rede zeugt. Die Geschichte, oder besser: die Gestalter von Geschichte treiben mit uns Kapriolen. Denn 1938 hat Martin Bormann im Auftrag der NSDAP das Haus zum vierfachen Verkehrswert gekauft und durch bauliche Veränderungen zur Dokumentationsstelle für die braune Bewegung gemacht und als spätere Kultstätte vorgesehen, wenn der Endsieg errungen und dem deutschen Bedürfnis zu entsprechen wäre, den Neugestalter Europas zu ehren. Und auch von Abriss war schon bald darauf die Rede. Als Braunau im Mai 1945 durch amerikanische Truppen befreit worden war, gelang es einem deutschen Stoßtrupp, eine Sprengladung an die Mauern des Hauses zu legen. Die Amerikaner verhinderten die Sprengung im letzten Augenblick. Die waren schon lange vor unserer Zeit mit dem Projekt ‚lebendige Geschichte‘ unterwegs.“

„Völliger Nonsens!“ Ihre Erregung steigerte sich zusehends. „Die Amis wollten uns und den Österreichern Scham und Schuld auf ewige Zeiten vor Augen halten, damit wir künftig und für immer als Underdogs der Weltgeschichte zu leben hätten. Das Erste, was sie mit dem Haus Salzburger Vorstadt vorhatten, war eine Zurschaustellung der Gräuel der Konzentrationslager, schon im Herbst 1945. Vor dem Haus, das später auf abenteuerlichen Wegen zu entdecken uns gelang, liegt ein Granitfelsen aus dem KZ Mauthausen, den Opfern gewidmet. Von Hitler, Nationalsozialismus oder jener infamen Endlösung keine Spur. Was geht hier in Braunau eigentlich vor, fragten wir uns damals bei unserem Besuch im Jahre 2005."

Ich fürchte, dass der Streit zwischen uns aufs Neue entbrennt, der alles hochkocht, worum wir damals in den Straßen von Braunau gestritten haben. Mit fortgesetzter Enttäuschung, unser Reiseziel nicht finden zu können, sind wir heftig geworden, so dass Passanten uns mieden und kopfschüttelnd anschauten.

Es war doch alles zu merkwürdig, als dass ich die Verhaltensweisen der Braunauer dem Vergessen überlassen könnte.

Nachdem wir für unseren Wagen einen sicheren Parkplatz gefunden hatten, beobachteten wir Passanten daraufhin, ob sie wie wir Reisende in der jüngeren Geschichte wären und wir ihnen nur zu folgen bräuchten. Zwar wussten wir die genaue Anschrift des Geburtshauses, aber uns fehlte es an Entschlossenheit, das Ziel unseres Besuches ausfindig zu machen. Quer zu unserer Reiseabsicht legte sich eine Passage, die ein früherer Besucher notiert hat: „Braunau zieht sich, sperrt sich noch immer und will nichts davon wissen. Hier im Ort sieht man es mit Augen: Es hat Hitler nicht gegeben. Es war ein Spuk. Bei

Tag gesehen war nichts. „Die Stadt verleugnet den traurigen Ruhm ihres berühmten Sohnes": So schrieb 1978 Horst Krüger in seiner „Poetischen Erdkunde".

Wir waren vorgewarnt und setzen alles daran, nicht als Pilger der Neonazis zu erscheinen. Also beschlossen wir, keinen Passanten nach dem Weg zum Geburtshaus zu fragen.

Wir folgten zunächst zwei Touristen, die in die Linzer Straße einbogen. Einer von ihnen trug eine vierkantige Segeltuchttasche. Die wissen, wo sie hinwollen, um eine Fotoreportage zu machen von dem Haus, das es nicht geben darf, dachte ich. Als wir schon sehr weit aus der Innenstadt hinausgewandert waren, begannen sich unsere Pfadfinder für eine Ausgrabungsstelle zu interessieren und packten ihre Fotoutensilien aus.

Also, marsch, marsch zurück! Auf der Hauptstraße durch Braunau folgten wir einer japanischen Reisegruppe. Die von so weit her Angereisten ließen sich nicht an der Nase herumführen und gingen ungeniert auf ihr Ziel zu. Wir hängten uns an und landeten in der kleinsten Privatbrauerei des Landes.

Ich beobachtete meine Begleiterin, die damals schon die Hüterin meines Ehelebens war, und konstatierte zufrieden, dass sich ihre Wut noch in Grenzen hielt.

Unsere Schritte wussten nur nicht mehr, wohin sie uns tragen sollten. Sie näherten uns automatisch der gotischen Pfarrkirche im Zentrum der Stadt an. In Sankt Stephan fanden wir jedoch keinen Hinweis darauf, ob über dem Taufbecken der am 20. April 1889 geborene Junge auf den Namen Adolf getauft wurde. Eben dieser Adolf drohte 50 Jahre später der schwarzen Sippschaft mit einer Abrechnung wegen ihres geistlichen Widerstandes und ganz gewiss auch den Schwarzen von Sankt Stephan, die es offenbar für unter ihrer Würde gehalten hatten, den großen Adolf zu exkommunizieren.

Auf den Treppenstufen von Sankt Stephan erblickte ich einen Stadtstreicher, der dem geschätzten Alter nach der Generation der großen Täuschungen angehören konnte. Er saß auf einer Decke, die Hosenbeine etwas hochgeschoben, blanke Haut war zu sehen. Die Frühjahrskälte war noch beißend. Er dauerte mich. Ich ließ eine Euromünze in seine Sammelmütze fallen. Der Beschenkte nickte mir freundlich zu.

Ich ließ noch ein paar Eurostücke in seine Mütze fallen, sah mich behutsam um, was meine Bewachung trieb, und machte dem Durchgefrorenen ein Angebot, er könnte seine Arbeitszeit erheblich verkürzen und seinen kalten Hintern wärmen, wenn er mich und meine Begleiterin zu Hitlers Geburtshaus führte. Dort erhielte er von uns ein fürstliches Honorar, das ihm einige Tage

Arbeit ersparen sollte.

Aber was war das? Statt freudiger Zusage blickte der Stadtstreicher durch mich hindurch, als ob ich gar nicht da wäre und vor ihm stünde.

Meine Frau kam hinzu und bemerkte, dass der Bettler mir ordentlich leid getan hätte, weil er in Braunau kein mildtätiges Herz erweichen könne.

Unsere ratlosen Beine führten uns in die Hauptstraße zurück. Im unbewachten Augenblick, Auslagen in einem Schaufenster hatten die Strenge meiner Bewacherin in Anspruch genommen, traute ich mich, gegen unsere Vereinbarung, eine Passantin nach dem Weg zu fragen, der zum Geburtshaus von Adolf Hitler führte. Die Frau, 60 Jahre oder darüber, schaute mich verständnislos an und antwortete nach etlicher Bedenkzeit: „Hitler? Der war doch ein Deutscher!"

Ich ließ mir nichts anmerken und schlug meiner Begleiterin vor, einen Stadtplan zu kaufen, in der Hoffnung, dass dieser nicht die Salzburger Vorstadtstraße verleugne.

Der Plan enttäuschte uns nicht. Wir kamen in der Straße an und studierten die Hausnummern an den Fassaden. Die ungeraden Nummern befanden sich an der linken Seite, wenn man stadtauswärts blickte. Aber von einer Nummer 15 keine Spur. Meiner Frau reichte es, sie wollte sich nicht länger mit einem Ring in der Nase in der

Arena herumführen lassen.

Ich beeilte mich aus dem Bannkreis ihrer Verdächtigungen und lief auf einen Fotoladen zu, der auch Papiersachen in der Schaufensterauslage anbot.

Indessen blies der eisige Wind aus Böhmen, der den Menschen, wenigstens den sprichwortvertrauten, das Löben nähme.

„Guten Tag allerseits, womit darf ich den Herrschaften dienen?"

Welcher Stimmungswechsel, denkt es in mir, als ob wir unversehens in einem anderen Erdteil uns befänden.

Ich brachte meine erfundene Klage vor, vom Verlust der Kamera zu reden und von der Erwartung, unter dem reichhaltigen Angebot an Ansichtskarten diejenige aufzufinden, deretwegen wir die weite Reise auf uns genommen hätten. Ich rückte näher an den freundlichen Herrn heran und flüsterte ihm ins Ohr: „Von Hitlers Geburtshaus."

Es täte ihm leid, uns enttäuschen zu müssen, denn diese Karte unseres Begehrens sei momentan nicht vorrätig, obwohl er die Nachlieferung seit einem halben Jahr mehrfach angemahnt habe. Der Ladeninhaber entfernte sich eilfertig und dienstbeflissen und kehrte bald schon mit strahlendem Gesicht und mit einer Ansichtskarte zurück.

„Hier, bitte, meine Herrschaften, sehen Sie Häuser der Salzburger Vorstadtstraße, und schauen Sie bitte scharf auf den rechten Rand der Karte. Was sehen Sie da? Ein Fallrohr in dunkelroter Farbe vor hellem Hintergrund. Diese Teilansicht gehört zur Hausnummer 15, das leider auf nicht geklärte Weise das Hausnummernschild eingebüßt hat. Nun schauens selbst nach und Sie werden jenes Haus zweifelsfrei identifizieren, in dem der Weltzerstörer vor, lassens mich nachrechnen, vor 116 Jahren das Licht der Welt erblickt hat."

Wir dankten für die entgegenkommende Hilfe, die es letztlich noch ermöglichte, die Reise von Obernberg nach Braunau, beide am Inn gelegen, nicht vergeblich gemacht zu haben.

Auf dem Rückweg zum Parkplatz hatte ich den Kopf frei und besah mir Häuser, Grünanlagen und gastliche Einrichtungen; und bemerkte, dass Häuser zum Verkauf standen, Läden aufgegeben hatten und Hotels und Restaurants geschlossen waren.

Was meinst du, so redete ich mehr zu mir selbst, was nicht für meine Begleiterin bestimmt war, was meinst du, wenn die Braunauer das Haus ihres allgemeinen Bekümmerns über den Inn nach Simbach in Bayern verschieben möchten? Es dürften kaum 800 bis 1000 Meter sein. Die Bayern würden aus dem Haus des österreichischen Ungemaches eine touristische Sehenswürdigkeit von Weltrang machen. Ein Schmankerl, wie sie zu sagen pflegen. Und sollten mal düstere Wolken über der Geburtsstelle des Dritten Reiches erscheinen, wäre das wiederum nur so ein preußischer Schmäh. Denn alles Unliebsame ist den Bayern stets von Preußen aus widerfahren. Das ist die unbezwingbare Überzeugung aller, die sich zu Bayern bekennen.

Das bezeugt auch die Gemüseverkäuferin vom Viktualienmarkt in München. Die soll einen Touristen aus Japan angeherrscht haben: „Tu mir nicht alles angreifen mit deinen Drecksfingern, du Saupreuß, du japanischer!"

Wir kehrten nach ausgestandener Fehde nach Obernberg zurück. Nach dem Abendessen setzte sich unser Wirt zu uns an den Tisch und lud uns zu einem Glas Wein ein. Wir erzählten von den wunderlichen Begegnungen in Braunau. Der Wirt schaute unentwegt auf die Fingernägel seiner rechten Hand, rieb sie dann und wann am Revers seiner Jacke, als ob er die Nägel polieren wollte, hielt sie gegen den Mund und blies sie an. Er schien unentwegt mit seinen Fingernägeln beschäftigt zu sein und sagte endlich:

„Ach wissense, der Hietler", er sprach das i gedehnt aus, als ob die Vorfahren genötigt waren, einen Namensänderung vorzunehmen, „ach wissense, der Hietler, der konnte in Österreich

nichts werden. Der benötigte ein närrisches Pu-
blikum."

Von einem Friedhofsbesuch und vom Verschwinden der Freundin

Im Ausschnitt der Windschutzscheibe rücken die Wahrzeichen der Stadt näher. Die Doppelspitzen der Domtürme streben immer noch himmelan. Zuverlässiger der mächtige Eckturm des Schlosses. Er zeigt uns die Richtung der Fahrt an: Hinter seinen südlichen Mauern auf einem Plateau über der Stadt dehnt sich die Parklandschaft des Friedhofs von Uppsala.

Auf Plätzen und vor Wohnblocks knubbeln sich Fahrräder. Wenn sie den Lernorten entgegengetreten werden, erwacht die Stadt zum zweiten Male. Dem sind wir voraus in der Frühe dieses letzten Maitages. Der Automat steht auch noch unter der Linde. Das Amtsauge nimmt den Wagen in seine Obhut. Mit dokumentarischer Wichtigkeit stempelt er unsere Ankunft: 3. Mai 2007, 8 Uhr und 16 Minuten.

Unser Besuch gilt den Freunden, von denen es poetisch heißt: „Sie liegen dort, wo ihre Väter schlafen." Zeit ihres Bücherstudiums war der Friedhof, ausgedehnt beinahe wie die Stadt selber, ihnen abseitig geblieben. Nun sind sie heimgekehrt, welterfahren und lebenssatt.

Meine Reisebegleiterin kramt die Skizze aus ihrer Universaltasche hervor. Sie stammt von Peters Hand, dem Freund aus Studienzeiten. Wir finden die Grablagen in der Umgebung der Hammarskjöld-Gruft, wo auch der große Sohn der Familie ruht: Dag. 1961 hatte er im Dienste der UNO sein Leben hingeben müssen, auf einer Friedensmission in Afrika.

Im Sichtfeld meiner Erinnerung erscheint eine Pressenotiz aus jenem Jahr: Die Inszenierung der totalen Trauer entspricht der Sprachlosigkeit der Welt, dass die Menschheit um eine Hoffnung ärmer geworden ist.

Damals, an jenem Spätsommertag, als der UNO-Generalsekretär vom Dom zum Friedhof getragen wurde, war die Luft erfüllt vom Rauschen des Kies, bewegt von den ungezählten Schritten derer, die dem Trauerzug folgten. Die Innenstadt verharrte in verordneter Totenstarre. Ihre Straßen und Plätze waren durchrauscht von dieser eintönigen Melodie, die von drüben herüberwehte, wohin man uns dereinst hinaustragen und sich unser stadtgenormtes Leben zur Ruhe betten wird.

Offensichtlich missrät mir meine Betrachtung zur Ansprache. Meine Begleiterin lächelt und schweigt. Sie schweigt ihr überlegenes Schweigen. Dann höre ich sie murmeln: „Alles lebensuntüchtiges Zeug. Lass die Toten sich um sich selber kümmern." Ich freue mich, dass die sich vorbereitende Entgegnung nicht die Schwelle der Wortung überschreitet: „Wir in der Zeit halten Wache bei denen, die zufällig abwesend sind."

„Sieh mal, dort ist der Gedenkstein für Theresia und Josef, für die Schneiderin und für den Holzbildhauer, für Peters Eltern!" Sie holt mich in die Wirklichkeit dieses letzten Maitages zurück.

„Und daneben", so knüpfe ich an, „ruht der Professor für Kunstgeschichte. Er versuchte auf sonntäglichen Exkursionen sein Gefolge für Schönheit und Aussagekraft der Kalkmalereien in den Dorfkirchen des Upplandes einzunehmen. Bei einer Gelegenheit, ich erinnere mich genau, ließ er seiner Begeisterung freien Lauf. Er wies uns auf ein Bildnis an verborgener Stelle hin, auf dem ein Schwein die Orgel spielt. In dieser Figuration habe der Maler dem Küster einen Rüffel verpassen wollen. Die Kirchenmalereien wurzelten selbstverständlich in der Bibelauslegung, aber im Lokalkolorit einer Gemeinde komme die Trivialgeschichte zum Zuge. Wenn ihr wollt, ihre Skandalchronik, die nicht in den Kirchenbüchern aufgezeichnet worden ist."

Meine Begleiterin quittiert mit befreitem Lachen. Ich habe es so oft an ihr vermisst. Sie ihrerseits weist auf ein Grabmal hin, das einem Bauern Erik gewidmet ist. „Es war lange vor unserer Bekanntschaft, da hatte er eine Knechtswohnung meiner Familie vermietet. Heute sind beide nicht mehr da. Erik unter der Erde, sein Hof dem Erdboden gleich gemacht. Ein Lidlmarkt lockt dort mit Billigangeboten."

Auf dem Friedhof hat die Jagd nach den Wasserkannen noch nicht begonnen. Sie hängen ordentlich aufgereiht, sind gärtnergrün. Die Erde fühlt sich zwar feucht an, aber gießen werden sie. Und harken ebenso. Im unerbittlichen Gesetz muss der Kiesbelag auf den Grabstellen in Längs- und Querrillen geharkt werden. Auch die Holzharken hängen noch in ihren Gestellen, wie in einer Linie angetreten.

Die Mittagshitze beginnt die Totenstadt zu belagern. Unversehens befinden wir uns im Strom der Friedhofsbesucher, die nur ein Ziel kennen: umgehend einen schattigen Platz in einem Café zu ergattern. Im Vorübereilen fällt mein Blick auf ein frisches Grab. Ich lese und übersetze mir die provisorische Inschrift auf der Holztafel: „Maria Smedstad, 33 Jahre alt. Du warst die Ungeduld, die Kraft und die Ehrlichkeit!" Was für ein Menschenkind, denke ich. Welche Trinität von Charakter! Ein Satz von Marie von Ebner-Eschenbach kommt mir dazwischen: „Geschichten liegen am Wege. Sie warten darauf, dass sie jemand ins Wort bringt, damit sie in der Welt bleiben."

Wir überholen zwei Geistliche. Aus ihrer Unterhaltung fliegt uns herüber: „Den Orthodoxen bedeuten Begräbnisstätten Hochschulen des Lebens."

Der blaue Himmel über Uppsala trügt nicht. Ein Thermometer zeigt 31 Grad an. Es ist jetzt 11 Uhr und 22 Minuten.

Wir huschen unter die Markisen „Linie 402", benannt nach der Bushaltestelle der Linie 402. Die Serviererinnen erkennen wir an den weißen Schleifen über dem Jeans-Hintern. „Kaffee und Zimtschnecke. Zweimal, bitte!"

Ein vorbeidonnerndes Ungetüm der gleichnamigen Busse durchrüttelt Geschirr und Gehirn. „Ich habe doch dem Hermann Schulze einen Besuch an seinem Grabe versprochen!" Ich springe auf und eile zum Friedhof zurück. Die Mittagshitze spüre ich nicht. Da steht es: Hermann Schulze beendete seine Tage im 84 Lebensjahr. Ich betrete die Kiesornamentik und lege ein Exemplar seines Buches „Der gedeckte Tisch" vor den Granit hin.

Schließlich entdecke ich mich dabei, wie die Harke durch meine Hände gleitet und die Spuren im Kies beseitigt.

„Du bist schon ganz schön verschwedischt", höre ich ihre Stimme zischeln. Aber da ist niemand; sie wartet ja im Café auf mich. Und sage dem Freunde Lebewohl.

Nun gut, vielleicht werdet ihr sagen: ein ungewöhnliches Wort zum Abschied von einem Toten. Mein Freund hat sein Lebenspaket bis hierher getragen und davon kein Päckchen bei einem Psychiater hinterlegen müssen. Und darauf kommt es mir an!

Ich hechele durch die Hitze zum Café zurück. Unser Tisch steht verlassen da. Auf der Tischplatte heftet ein Zettel: „Bin Schuhe kaufen. Warte hier! Deine …"

Vor dem Namenszug ist das Papier durchgerissen. Von einem Windstoß? Von einer Hand?

Böse Ahnungen beschleichen mich. Hat sie neben ihrem Namen eine Handynummer notiert? Ist die Allzeit-Erreichbare sich treu geblieben? Treffen sie just in diesem Moment eine Verabredung? Sie und ihr Anrufer?

Ihre Sprüche beginnen auf mich herabzuhageln. „Notorische Friedhofsbesucher sind die Lebenstüchtigsten nicht!"

Besiegelt der gelbe Zettel den letzten Gruß von ihr?

Die Uhr am Schloss zeigt auf halb eins. Die Parkzeit ist seit einer Stunde abgelaufen.

Nachdenklichkeit bemächtigt sich meiner Füße; sie beachten das Signal zur Eile nicht.

Glück im Unglück

Wie Gerda ihre zweite Geburt erlebte

Sie war 26 Jahre alt, als sie mir von der Unfassbar-
keit ihres Überlebens erzählte. Flucht und Neu-
beginn im Westen waren ihrer Familie gelungen.
Und einen Toten hatten sie nicht zu beklagen.

Gerda hatte studieren dürfen und hatte unmittelbar nach dem Examen eine Anstellung gefunden. Aus der Sicht des Erzählers durfte Gerda
rundherum mit ihrem Leben zufrieden sein, sich
sogar wohlfühlen in ihrer hübschen Mädchen-
gestalt. Ihr Äußeres glich dem, was wir uns im
Westen unter dem Typus einer Ostpreußin vor-
stellten. Beschreibende Attribute verrennen sich
zu leicht in Klischees. Allein das Blond ihres
Haarschopfes kann ich nicht auslassen zu erwähnen, wegen der goldenen Tönung und wegen der
Festigkeit. Als ich sie nach vielen Jahren wieder
traf, sie war bereits über 70 Jahre alt, hatte sich
noch kein graues Haar in die blonde Pracht gemischt.

„Gerda, schau dich nur im Spiegel an, wie dir
das widerborstige Stroh aus dem Kopf sprießt!"
Das hatte der Vater ihr einmal an den Kopf ge-

schleudert, als er Gefahr lief, einen Disput mit der Göre zu verlieren, die ihm im Lehrberuf nachgeeifert war. Und er tat diese Äußerung nicht nur gegen eine Lehrerin, die soeben ins Beamtenverhältnis übernommen worden war; er sagte seinen Satz auch in Anwesenheit von Ohren, die nicht zur Familie gehörten.

Bei einer Unterhaltung im Freundeskreis fiel der Name Wilhelm Gustloff. Ich erschrak darüber, wie sich Gerdas Gesicht veränderte. Es wirkte noch bleicher, als dem hellen Teint ihrer Haut eigen war. Es ergraute. Die Lippen pressten sich aufeinander. Die Haare reagierten, als ob ein elektrisch geladener Gegenstand ihr über den Kopf führe. Ich sah dem Grauen ins Gesicht.

Die Tragödie des Flüchtlingsschiffes Wilhelm Gustloff war uns umrisshaft bekannt. Die Ereignisse verbergen sich uns in den nackten Daten. Ungefähr 10.000 Menschen starben in der Nacht vom 30. auf den 31. Januar 1945 in der eisigen Ostsee. Daten schützen uns davor, mit dem vielfachen menschlichen Leid konfrontiert zu werden. Das Unfassbare findet in der Sprache keine Zuflucht.

Kein noch so exaktes Wissen hätte uns einen Zugang vermitteln können zu Gerdas augenblicklicher Starre. Umso mehr verwunderte ich mich, dass Sprache in sie zurückkehrte. Sie begann zu erzählen:

211

Als im Spätherbst 1944 die ersten russischen Panzer in die Landkreise Goldap und Gumbinen vorgestoßen waren, begann ein Flüchtlingsstrom, den wir auf der Landstraße vorüberziehen sahen. Es verbreitete sich eine allgemeine Stimmung, aufzubrechen und alles, was Heimat ausmachte, zu verlassen. Die meisten unserer Nachbarn waren bereits fort. Die Flüchtenden hatten zum Zeichen für die Aufgabe ihres Besitzes die Haustüren und die Stalltüren offen gestellt. Vieh lief auf den Höfen herum, Kühe brüllten nach dem Melker. Ab Mitte Januar steigerte sich der Aufbruch in Panik, angeheizt durch Gräuelberichte aus den eroberten Gebieten östlich von uns. Doch wir blieben. Meine Eltern taten so, als ob sie inmitten des Durcheinanders auf einer Insel lebten, die von all dem nicht berührt wurde.

Als dann das Grollen der Front Tag und Nacht zu hören war und näher kam, brachen wir in aller Hast auf. Wir ließen zurück, was das Leben ausgemacht, was lieb und teuer gewesen war; das Haus, den Garten, Einrichtungsdinge, Spielzeug, Bilder und Fotos an den Wänden, die uns das gute Leben stets vor Augen gehalten hatten. Unsere Haustiere ließen wir frei.

Den Vorübereilenden, die mit Pferden schneller vorankamen, riefen wir zu: „Wir wollen nach Gotenhafen. Sind wir auf dem richtigen Weg?" Und sie riefen zurück: „Wir auch. Beeilt euch

aber! Das Schiff, das dort im Marinehafen an-
kert, kann zwar bis zu 10.000 Passagiere fassen,
doch es sind weit mehr auf dem Wege dorthin.
Macht, dass ihr vorankommt!"

„Dann mal los!", rief Vater.

Die mit uns auf dem Wege waren, riefen ei-
nander zu und bestätigten sich gegenseitig den
Namen des Gute-Hoffnung-Schiffes und den
Anlegeplatz Kai Gotenhafen-Oxhöft.

Ein früheres Unglück nahm für uns eine
glückliche Wendung. Vater war infolge einer
Verwundung, die er aus dem ersten Krieg mitgebracht hatte, für den zweiten als nicht kriegsver-
wendungsfähig eingestuft worden. So konnte er
sich vor den Handwagen spannen. Meine jüngere Schwester durfte aufsitzen. Mutter führte mich
an der Hand, bisweilen zog sie mich hinter sich
her. Ich war damals 10 Jahre alt.

Vater, der Kriegsveteran, hatte sich in den
Schlachten im Westen ein untrügerisches Ohr
dafür erworben, in welcher Richtung wir der
Front auszuweichen hatten, wie rasch sich die
Gefahrenzone näherte, wie sich eine Zangen-
bewegung gegen Danzig formierte, die wir umgehen mussten. Vater bestimmte die Richtung,
forcierte das Marschtempo, schalt unsere Lang-
samkeit. Doch etwas war ihm entgangen. Mutter
hatte gegen seinen Rat den Handwagen hoch beladen, mit dem Nötigsten, das uns Nahrung und

Kälteschutz auf unserem langen Marsch bieten sollte. Als die erste Leuchtspur in unserer Nähe in östlicher Richtung den schneebehangenen Himmel erleuchtete, geriet er in Panik. Mutter ließ sich von seiner Aufregung nicht anstecken. Sie war ja vorbereitet. Wie immer.

Der Morgen dämmerte herauf. Von den Anstrengungen der Nacht spürten wir kaum etwas. Uns trug die Hoffnung, den Gräueln zu entkommen. Wir werden die Wilhelm Gustloff erreichen! Diese Gewissheit trieb uns voran.

Hindernisse über Hindernisse begannen den Weg zu queren. Truppenansammlungen auf der Straße zwangen uns auf Nebenwege. Mutter verstauchte sich einen Fuß. Ein Rad des Handwagens zerbrach. Schneefall setzte ein. Wir mussten den Handwagen zurücklassen. Es galt, sich auf das Allernötigste vom Nötigsten zu beschränken. Auch für diesen Fall hatte Mutter vorgesorgt. Das Lebensnotwendige hatte sie in Rucksäcke verpackt. Auch mir hängte sie meinem kleinen Wanderrucksack um.

Knietiefer Schnee in den Verwehungen verlangte uns die letzten Reserven ab. Die Verschnaufpausen dehnten sich. Die Tagesziele entfernten sich, wie der Auslauftermin des Schiffes näher rückte.

Dennoch, so versicherte Gerda, hätten sie weder Hunger verspürt noch die beißende Kälte, die ein böiger Wind ihnen durch die Kleider blies. Der Antrieb zu leben hätte sich zur fiebernden Unruhe gesteigert.

Es herrschte in jenen Januartagen durchweg minus 18 Grad Kälte. Vaters Besorgnis sah man ihm an. Wo er ein Haus, das noch nicht verlassen schien, erblickte, stürmte er geradewegs zur Stube hinein. Zum Anklopfen ließ er sich keine Zeit. Er erkundigte sich nach den letzten Heeresberichten und saugte Mitteilungen in sich auf, die gerüchteweise umliefen. Die Volksempfänger plärrten in einer Lautstärke, dass wir oft vom Wege aus mithören konnten.

Am späten Nachmittag des 30. Januar suchte Vater für uns eine Nachtherberge. Ihn zog es zu bewohnten Häusern hin, vor allem wegen der Nachrichtenlage. Er ging auf ein Langhaus zu, das einst für Landarbeiter hergerichtet worden war. Wir warteten auf dem Hof. Und warteten ungewöhnlich lange. Er würde sich wohl nicht zum Tee niedergelassen haben und war ins Erzählen geraten? Ich verwarf diesen Verdacht, so wie er in mir aufstieg. Es dauerte. Mutter hinderte uns, ihm in das Haus zu folgen. Sie wusste bereits, was kommen würde. Wie immer.

Dann endlich! Vater trat vor die Haustür. Er zögerte, schien entschlusslos, irgendwie geistesabwesend. Er sah ganz grau aus. Schwankend kam er auf uns zu, umarmte uns stumm. Er weinte in sich hinein. Ich habe meinen Vater nie weinen sehen, vorher nicht und später auch nicht.

Mutter hatte sofort begriffen, was Sache war. Wir fragten sie. Sie blieb stumm. Konnte wohl auch nicht sprechen, wie Vater.

Gerdas Stimme stockte, drohte wegzubleiben.

Die Wilhelm Gustloff hätte abgelegt. Das Kai der letzten Hoffnung wäre ihnen zum Trugbild zerfallen. Alle Anstrengungen vergeblich, die Fluchtwege versperrt, das Leben verpasst, das Verderben drohte. Sie habe spüren können, wie die Niedergeschlagenheit der Eltern wortlos in sie hineingekrochen wäre.

Da bemerkte ich erstmals, wie meine Kräfte aufgebraucht waren. Nur müde. Mein Leib wollte in sich zusammenfallen.

Vater nahm uns bei den Händen und führte uns langsamen Schrittes aus unseren Umarmungen fort, dem dämmernden Januarabend entgegen.

Als ob er für unsere Verzweiflung in der Dunkelheit ein Zuhause suchte!

Dieser Satz aus Gerdas Erzählung hat sich Wort für Wort meinem Gedächtnis eingeritzt. Ich werde ihn nicht vergessen können. In diesem einen Satz hatte Gerda 16 Jahre später ihr Nacherleben angesiedelt: „Als ob er für unsere Verzweiflung in der Dunkelheit ein Zuhause suchte!"

Wir konnten Vater nie entlocken, warum er uns die zugesagte Herberge im Landarbeiterhaus vorenthalten hatte. Es sei nur dunkel um ihn herum gewesen, er habe seine Schritte nicht gefühlt, der Richtungssinn sei in ihm abgestorben gewesen. Wir alle waren in Gefühllosigkeit gestoßen, wir und die Dinge um uns bildeten kein Gerüst der Welt mehr. Keiner hatte mehr Tränen. Wir nicht und die Dinge nicht, und das herrenlose Pferd nicht, das unserem Trauerzug gefolgt war.

Wie konntet ihr nur diese Nacht durchstehen?, ermutigte ich mich, Gerda zu fragen.

Daran kann ich mich nicht erinnern. Nicht die leiseste Gedächtnisspur. Diese Stelle ist wohl für immer verdunkelt in meiner Erinnerung.

Wir mussten wohl die Nacht überlebt haben; denn als es Tag geworden war und wir noch ziellos Fuß vor Fuß setzten, fielen uns Menschen auf, die in Grüppchen beieinander standen und aufgeregt durcheinanderredeten. Sie verrieten an ihrem Gehabe, dass etwas Unglaubliches passiert sein musste, weswegen sie sich grämten.

Unglücksmeldungen wurden in der gesamten Kriegszeit nicht offiziell bekannt gemacht. Aber die Menschen wussten doch, woran sie waren.

In dieser Nacht, an die mir nicht die blasseste

Erinnerung geblieben ist, war die Wilhelm Gustloff mit schätzungsweise 10.000 Menschen an Bord versenkt worden. Diese Nacht konnte das Flüchtlingsschiff nicht vor den sowjetischen Angreifern verbergen. Um 21:16 Uhr bohrten sich drei Torpedos in den Schiffsleib. Um 22:18 Uhr sank das Schiff.

Auch Gerda musste Zuflucht nehmen bei Zahlen und Daten, weil ihr, wie uns anderen, für das Unbegreifliche die Worte fehlten.

Sie war den Tränen nahe.

Ihr müsst euch vorstellen, dass die Nachricht vom Tode der vielen Menschen, zu denen wir sehnlichst hatten gehören wollen, uns erstarren machte, weil sie unser Überleben bedeutete.

Durch querige Dazwischenkünfte, die uns mehrfach den raschen Weg zum Hafen verlegt hatten, war uns das Leben geschenkt worden. Freude wollte nicht aufkommen, weil vor unserem Geiste alle diejenigen vorüberzogen, denen wir verbunden gewesen waren: unsere Verwandten, die Nachbarn, die eiligen Fuhrwerksbesitzer vom Forsthaus.

Ein Gefühl von Dankbarkeit holte uns ins Leben zurück und es wandelte sich uns zu der Verpflichtung, die Flucht nach Westen durchzustehen. Mutter erzählte oft noch Jahrzehnte später, dass sie Skrupel empfunden habe, sich an ihrem Leben zu erfreuen. Sie habe es nicht fertiggebracht, die Güte unseres Herrn zu preisen auf Kosten der Ertrunkenen.

Das fügte Gerda hinzu, als wir uns nach ihrem 70. Geburtstag trafen.

Ja, so schloss sie ihre Erzählung sichtlich erleichtert, das war die Nacht vom 30. auf den 31. Januar 1945, in der mir meine zweite Geburt geschah.

Wir blieben brieflich in Verbindung, ohne uns Rechenschaft zu geben, was wir einander mitzuteilen hätten. Bis ich der Erzählung Gerdas von ihrer zweiten Geburt eine Herberge gab, indem ich aufschrieb, was sie mir vor Jahrzehnten anvertraut hatte. Ich widmete ihr meine Erzählung „Wie Gerda überlebte".

Sie antwortete: Ich wundere mich sehr, dass du das Ereignis, das mein erwachsenes Leben geprägt hat, annähernd wortwörtlich in meiner Sprache zu Papier gebracht hast. Was ich vergessen hatte zu erwähnen: Mutter hatte die Bordkarte für die Passage nach Westen bei sich in der Nähe ihres Herzens verwahrt. Ihr Bestatter übergab uns diese Belege: unbenutzte Bordkarten für die Wilhelm Gustloff.

Hoffnungsvoll verrückt!

Die handeln und die dichten,
das ist der Lebenslauf.
Der eine macht Geschichten,
der andere schreibt sie auf.
(Frei nach Joseph von Eichendorff)

Wie ein verträumtes Dorf am Osthang der Egge 1945 in Berührung mit dem großen Weltgeschehen geriet, davon erzählen wir Alten uns gern, die in jenen Tagen Kinder waren, doch die heutigen Kinder verstopfen sich die Ohren, weil endlich damit Schluss zu machen sei.

Ich gehöre zu den heutigen Alten und wundere mich stets aufs Neue, was in jenen Monaten um das Kriegsende in den engen Verhältnissen des Dorfes geschehen ist. Kaum zu glauben, dass es so war. Doch unsere Erinnerungen pochen auf ihr Recht, nicht ohne Schmunzeln davon zu berichten.

Denn unser Gedächtnis ordnet das Gewesene zugunsten der Daseinsgüte. Widerwärtiges fällt durch das Sieb des Vergessens.

Wie Kinder von heute Automarken bestimmen können, verstanden wir uns darauf, Flugzeugtypen zu unterscheiden, die unser Dorf täglich überflogen und auch einige Male angriffen. Ob eine Spitfire oder eine Lightning die Bahnlinie kontrollierte, auf der Material zur Ostfront transportiert wurde, es entging uns nichts. Die Bahngleise führten nah am Hause meines Onkels vorbei, bei dem wir Unterkunft gefunden hatten nach dem Angriff auf Paderborn am 17. Januar 1945.

Wenn sich Jäger im Tiefflug auf eine Lokomotive oder auf einen vorbeifahrenden Personenzug stürzten, trieb uns Michel, der kriegsgefangene Landhelfer, aus unserem sicher geglaubten Versteck ins Haus, weil wir von Querschlägern getroffen werden könnten.

Als einmal ein Aufklärungsflugzeug vom Typ Fieseler Storch in den Aawiesen notgelandet war, strömten Scharen von Kindern herbei und drängten sich an das Flugzeug heran. Der Pilot war in Leder gekleidet und stand neben der Maschine. Weder an der Kleidung noch am Flugzeug konnte ich ein Herkunftszeichen erkennen. Ob der Pilot unsere Zudringlichkeit fürchtete, ob eine Geheimhaltungsvorschrift verletzt werden könnte, uns wurde nicht klar, warum der Pilot einen Revolver aus der Brusttasche zog und uns durch Gesten zu verstehen gab, wir sollten ins Dorf zurücklaufen.

Unser Dorf wurde fast täglich von Bombergeschwadern überflogen. Wir Kinder hatten gelernt, die Flugrichtung und das Angriffsziel einzuschätzen. Meistens nahmen sie Kassel ins Visier. Das Radio in der Bauernküche lief den ganzen Tag. Wir gehörten zum Planquadrat Konrad/Siegfried/2. Eine Angriffswarnung für diesen Bereich wurde nicht gegeben.

Die kriegsbedingte Abwesenheit der Bauernsöhne wurde durch kriegsgefangene Russen ersetzt. Die arbeiteten bei den Bauern und wurden von ihnen ernährt. Die Kleinbauern teilten ihr Essen mit den zugeteilten Helfern, die Großbauern kochten für sie ein Essen minderer Qualität. Die Tonart, wie von den Russen gesprochen wurde, zeigte, dass die Propaganda vom Untermenschen sich in unsere Gemüter eingeschlichen hatte.

Die Gefangenen wohnten auf dem Gutshof, wo man für sie eine Schlafbaracke eingerichtet hatte, von Stacheldraht umzäunt und von einem kriegsinvaliden Soldaten in Wehrmachtsuniform bewacht. Der zog ein Bein nach und trug einen Karabiner geschultert. Wir mutmaßen in dieser Einrichtung eine Gefangenschaft pro forma. Jeder andere Aufenthalt wäre gegen Kriegsende weitaus lebensbedrohlicher gewesen.

Bei meinem Onkel arbeitete Michel, den wir den Kirgisen nannten, und dem Nachbarn, einem größeren Hof, dienten zwei Kriegsgefangene: Sulleman aus der Mongolei und Brasil, groß, stark, behäbig, der Typ eines Weißrussen. Brasil war nicht gerade arbeitsträge zu nennen. Seine verlangsamte Beweglichkeit pflegte er durch bärenhafte Körperkraft auszugleichen. Wir sahen ihn nur in seinem behäbigen Gang daherkommen. Nichts könnte ihn beschleunigen, selbst wenn man hinter ihm her schösse, so witzelten wir.

Dieses in jeder Hinsicht ungleiche Paar arbeitete für unseren Nachbarn. Als der quicklebendige und mit rascher Auffassungsgabe ausgestattete Sulleman dem Koloss mit der Ringelwalze übers Bein fuhr, war die Dissonanz gefährlich geworden. Der Bauer trennte ihre Arbeitsbereiche voneinander, damit Konflikte vorab ausgeschaltet würden. Sulleman beorderte er in den Kuhstall, Brasil hatte alle Arbeiten mit den Pferden zu übernehmen. Er musste sogar sein Mittagessen mit ins Feld nehmen. Brasil behagte das Alleinsein. Dennoch hatte ihn keiner mit einem heiteren Gesicht gesehen, seitdem er den Unfall erlitten hatte. Brasil arbeitete emsig und man respektierte ihn in seinem Unmut.

Michel, der Kirgise, heißblütig wie die Trakehnerstute Cilla, der mein Onkel mit ihrem Besitzer Obdach gewährt hatte, liebte Stalin wie einen Weltenerlöser und machte keinen Hehl daraus, sich zu dem Gegenspieler Hitlers zu bekennen. Einer Flüchtlingsfrau erklärte er: „Stalin muss kommen. Der Graf hat zu viel Land und du kein Stückchen. Du bekommst vom Grafen deinen Teil. Unser Väterchen ist gerecht."

Wenn etwas nicht recht klappen wollte und der Bauer mürrisch wurde, sagten wir Kinder: „Stalin muss kommen, dann geht alles wie geschmiert." Darüber erboste sich mein Onkel, nahm die Peitsche von der Wand und drohte uns.

Michel wurde beherrscht von einem widersprüchlichen Temperament. Wenn er heiß lief, war er in Reden und Gestik aggressiv, bei normaler Gefühlslage freundlich und zuvorkommend. Sein schwarzes Haar glänzte stahlblau in der Sonne wie die Schwanzfedern unseres Hahnes. Seine dunklen Augen wirkten lebhaft, feurig und konnten uns bedrohlich anblicken. Dennoch waren sie nachtblind. Wenn die Dämmerung früh hereinbrach, führte ihn die 13-jährige Tochter ins Lager zurück.

Die Nahrungsmittelproduktion galt als ein kriegswichtiger Bereich. Das Ablieferungsprogramm wurde von Politbeamten streng überwacht. Zuwiderhandlungen unterstanden harten Strafandrohungen.

Auch der Umgang mit den russischen Landhelfern war genauestens reguliert. So war es verboten, dass die „Untermenschen" mit der bäuerlichen Familie am Tisch aßen. Mein Onkel, der der NSDAP nahestehende Ortsvorsteher und Bauernführer, stellte sich taub gegen derartige Vorschriften aus Berlin. Michel, der Russe, saß mit uns am Tisch und aß, was alle aßen. Er durfte es sich sogar erlauben, über das, was ihm nicht schmeckte, zu murren. Wer arbeitet wie die anderen, soll auch essen wie die anderen, dazwischen passt kein Sonderrecht – so lautete die Devise dieses Bauern. Und sonntags kam Michel zu den drei Mahlzeiten, ohne zu arbeiten.

Im Kuhstall entfaltete Sulleman die reiche Palette seiner Begabungen. Der Medizinstudent aus der Mongolei diente sich in das Vertrauen der Dorfbewohner ein, indem er fachlichen Rat bereithielt, wenn Tier oder Mensch krank war. Auf dem Melkschemel schnitt er Jung und Alt die Haare. Er lernte Fremdsprachen mit den Gymnasiasten, die das nahegelegene Clementinum besuchten. Er bemalte die lange fensterlose Wand des Stalles, übertünchte, wenn Platzmangel ihn hinderte. Das Multitalent Sulleman spielte Mundharmonika und war mit einer herrlichen Gesangsstimme beschenkt. Wenn er sang, öffnete sich im gegenüberstehenden Haus das Küchenfenster und die Hausfrau bekam feuchte Augen.

Der Bauer hatte ihm das lebende Kapital des Stalles anvertraut und schaute nur selten nach, wie Sulleman seine Aufgabe meisterte. Als er einmal den Stall betrat, glaubte der Fastmediziner, seinen Chef treffe der Schlag: „Chef immer so aufgeregt, denkt nicht an schwaches Herz. Chef bald kaputt."

Der Blick des Bauern war auf die Bilderwand gestoßen. Was er da sah, empörte ihn dermaßen, dass er vollends die Fassung zu verlieren drohte. Es herrschte doch noch immer die Nazizeit und es wimmelte von Spähern nach den verhassten Defätisten, die den Endsieg gefährdeten, besonders intensiv nach dem Attentat auf den Führer am 20. Juli 1944. Sullemans Fantasie hatte sich auf der Kuhstallwand voll entfaltet: ein Hochzeitspaar tanzte auf einer Brücke. Stalin im Smoking entführte seine Braut, den Hitler im weißen Brautkleid. Der Bräutigam lächelte zynisch, die entführte Braut hing hingebungsvoll an seinen Lippen. Der Maler Sulleman saß unter der Brücke und sägte mit einem Fuchsschwanz eine tragende Stütze an.

Der Bauer betrat den Kuhstall nie wieder. Ihm war die Sache zu windig geworden. Wenn er Sulleman zu einer Arbeit benötigte, brüllte er ihn so laut herbei, dass die ganze Dorfstraße informiert war. Es wurde Heu mit dem elektrischen Aufzug hochgezogen. Oben unter dem Giebel hatte die Rolle das Drahtseil aufgerollt. Sie wurde dann umgelenkt, und der Heuaufzug folgte der

Schiene über den Balken hin, bis ein bestimmter Punkt erreicht war, an dem sich die Gabel öffnete, der gewählten Einstellung folgend.

Der Chef brüllte „Sulleman!", als ob es unter dem Dach brennen würde.

Sulleman glaubte, es wäre dringlichste Eile geboten, und setzte sich kurzerhand selbst in die Gabel des Aufzuges. Er betätigte den Schalter aufwärts und fuhr Sekunden später in die Bodenluke ein. Als er seinen Chef im Heu stehen sah, sprang er ab und landete direkt vor ihm. Vor dem von oben herabfallenden Knecht verlor er die Fassung, wurde kreidebleich und stammelte unverständlich.

„Wo brennt's, Chef? Nicht aufregen, sonst kaputt!"

Der Bauer hat nie wieder „Sulleman!" gebrüllt, sondern so höflich, wie er es vermochte, angefragt: „Würde es dem Herrn vom militärischen Hilfsdienst gefallen, mir beim Einfangen des Kalbes zu helfen, das sich durch das Gatter gezwängt hat?"

Sulleman verstand sich in der deutschen Sprache treffend, fast fehlerfrei auszudrücken, hatte sich aber angewöhnt, in hektischen Situationen seine Rede auf wenige Wörter zu konzentrieren, die für die Informationsübermittlung unentbehrlich schienen.

Der Küchengarten war dem Wirkungsbereich

der Bäuerin vorbehalten. Er lag an der Giebelseite des Wohnbereichs, der von der Dorfstraße aus einzusehen war. Deswegen war das Gartenstück sauber eingezäunt und mit einem verschließbaren Tor versehen. Die Bäuerin rief, obwohl der Herbeizitierte nicht in Sicht war: „Sulleman, bring Spaten!"

Sullemann spannte das schwere belgische Kaltblutpferd, den Dicken, wie es die Bauersleute nannten, vor den Pflug und versuchte das Gespann durch die enge Pforte am Küchengarten zu bugsieren. Als die Bäuerin die Kommandorufe an das Pferd vernahm, schnellte sie aus der Hockstellung hoch, beschimpfte den ewig verrückten Mongolen und drohte ihm mit dem Pflanzstock.

„Chefin immer schrein mit Sulleman. Sulleman versteht noch schwer Deutsch. Bäurin hat schwaches Herz, Bäurin bald auch kaputt, wenn sie nicht lieb spricht mit armen Sulleman aus Mongolei."

Als amerikanische Truppen kurz nach Ostern 1945 das Dorf besetzten, wurden die russischen Kriegsgefangenen provisorisch in Freiheit versetzt. Sie lebten weiterhin in der Schlafbaracke auf dem Gutshof und sollten sich selber bewachen. Der hinkende Wachposten hatte sein Gewehr abgegeben und musste zusehen, wie er nach Hause kommen konnte. Die ehemaligen Landhelfer kamen weiterhin zum Essen, drei Mahlzeiten täglich, aßen mit am Tisch der bäuerlichen Familien, nur zur Arbeit erschienen sie nicht mehr. Später wurden die befreiten Russen in einem Lager der amerikanischen Armee zusammengezogen.

Der Tag der Lobeprozession rückte näher. Er fiel nach mehrhundertjähriger Tradition auf das Fest Mariä Heimsuchung. Die Nationalsozialisten hatten jegliche Religionsausübung auf den Kirchenraum beschränkt, und auch hier winkte die neue Freiheit.

Das Dorf bereitete sich mit besonderem Eifer auf den Schmuck der Prozessionswege und die Errichtung der vier Stationen vor. Fahnen wurden aufgestellt, Triumphbogen errichtet und in der Straßenmitte ein Blumenteppich in den tradierten Mustern ausgelegt. Über die Blumen durfte nur der Priester mit der Monstranz schreiten, über ihm wölbte sich der Baldachin, der von vier Honoratioren getragen wurde.

Just an diesem Tag kamen unsere Russen erstmals zu Besuch. Man hatte sie in Kaki-Ausgehuniformen ohne Rangabzeichen gesteckt. Sie trugen das Schiffchen keck auf den schwarzen Haaren und lächelten freundlich und überlegen. Den Jeep hatten sie am Dorfeingang abgestellt.

Die Messe war beendet und der Prozessionszug formierte sich. Voran schritten die vier Besucher in den Kaki-Uniformen, winkten und grüßten nach allen Seiten. Unser ehemaliger Mitarbeiter Michel nahm wohl an, das Dorf habe sich für ihren Besuch geschmückt. Er schritt, hüpfte, tanzte über den Blumenteppich und konnte dieses Glück, das ihm am Fest Mariä Heimsuchung zuteil wurde, kaum fassen.

Die Jungs in den Kaki-Uniformen verfolgten interessiert den Verlauf der Prozession. Einige wollen gesehen haben, wie sich Sulleman mehrfach bekreuzigt hätte.

Danach ging es zum Wiedersehensempfang in die Häuser der ehemaligen Arbeitgeber. Man traf sich beim Nachbarbauern, bei dem Sulleman und Brasil gearbeitet hatten. Man schüttelte Hände, klopfte auf Schultern und schloss die Bäurin in die Arme. Die wehrte leicht widerstrebend ab: „Hoffnungsvoll verrückt seid ihr immer noch!" Sie war sich gewiss ihres Versprechers nicht bewusst und er wurde auch nicht bemerkt im Gewirr des freudig anmutenden Redens: „Chitler kaputt" und „Stalin muss kommen" konnte mein Gewährsmann aus dem Sprachgewirr mehrfach heraushören.

In die Wiedersehensfreude, die nach Versicherung von Beteiligten echt schien, mischten sich bald Unmut und Misstrauen. Man hatte schlichtweg vergessen und man hätte kaum anders gekonnt, dass man die Repräsentanten der großen Siegermacht Sowjetunion mit Wodka, ersatzweise mit Schnaps, hätte begrüßen müssen. Die Erwartungen der Besucher wurden hörbar, die Stimmung drohte zu kippen, der immer missmutige Brasil begann zu brummeln, und der gastgebenden Bäurin blieb nichts anderes übrig, als zu gestehen: „Ich bedauere zutiefst, wir haben keinen Schnaps im Haus."

Woher auch den Schnaps beziehen? Erst lange nach der Entmachtung des Naziregimes traute man sich im Dorf zu, die Schnapsbrennerei wieder in Gang zu bringen. Sulleman verstand es, die bedrohliche Situation zu besänftigen, er hakte die Bäuerin unter: „Komm. Mama, wir gehen suchen, wo Mama den Schnaps versteckt hat, damit Chef ihn nicht austrinken sollte, bevor wir kämen."

Sie suchten in der Vorratskammer, stiegen in den Keller hinab und hielten die Wartenden in Spannung, ob der geschuldete Umtrunk auf den stolzen Sieger Stalin nun doch stattfinden könnte.

Es dauerte. Schließlich hatte die Suche Erfolg. Mama und Sulleman erklommen die Kellertreppe. Sulleman hielt einen 5-Liter-Kanister in der Hand, der bis zur Hälfte mit einer Flüssigkeit gefüllt war. Er öffnete den Schraubverschluss, und die Nasen der Umstehenden nahmen Witterung auf: „Zu süß", meinten die Russen. Die deutschen Nasen rochen Spiritus, aber ihre Münder kommentierten: „Ein Schnaps in Reifung. Der verspricht ein besonders edler Tropfen zu werden."

„Wir probieren", forderte Sulleman. Schnapsgläschen wurden zur Hälfte gefüllt, man prostete sich zurückhaltend zu. „Lässt sich schon trinken, sehr stark, brennt in der Kehle, aber riecht doch stark nach Apotheke", bemerkte einer der Gäste.

Man nippte am Gläschen, nur die Russen kippten. Die Bäuerin schien zu befürchten, dass eine Katastrophe im Anzug war, und schlug vor: „Wir verkürzen die Reifung und beginnen sofort mit der Veredelung." Sie verschwand und kehrte mit drei 1 ½ -Liter-Weckgläsern Pflaumen zurück. Den Inhalt schüttete sie durch ein Sieb und gewann etwas über einen Liter Pflaumensaft, den sie dem Spiritus zufügte. „Wird noch zu stark sein, wir sollten Wasser beifügen", schlug sie vor.

„Vorsicht mit Wasser", rief Sulleman, „Wasser verdirbt den besten Wodka!" Man probierte erneut. „Schmeckt schon besser, aber etwas fehlt noch, was den künstlichen Geschmack wegnimmt."

Eine Vanillestange würde wohltuende Veränderung bringen, wandte der Österreicher ein, der sich Baron von Marderer nannte. Damit konnte man nichts anfangen, weil das Gewürz in der Form unbekannt war. Der Baron hielt sich zurück, weil er immer noch befürchtete, als ein Wehrmachtssoldat, der in des Nachbarn Anzug steckte, enttarnt zu werden. Der Baron war bei den Frauen des Dorfes beliebt, wenngleich er auch die Höflichkeitsformen aus den Zeiten Maria Theresias übertrieb. Aber den Handkuss ließ er bei keiner Begrüßung mit einer Frau aus. Wenn er kochte, strömten unbekannte Düfte aus dem Küchenfenster. Wenn er von den weitläufigen Feldern seiner Besitzungen erzählte, bemerkten die Dorfbewohner bald, dass er nur über dürftigen Sachverstand verfügte. Zur Probe seiner Echtheit zwangen ihn einige Burschen dazu, auf der feurigen Trakehnerstute Cilla zu reiten. Der Baron hielt sich angsterfüllt am Sattelknauf fest und ließ dem Pferd freien Lauf. Das Experiment endete katastrophal. In der darauffolgenden Nacht verschwand der Baron von Marderer spurlos.

„Auf der Heimfahrt müsst ihr den Kanister ständig schütteln. Das beschleunigt die Reifung, und wenn ihr im Lager ankommt, habt ihr edlen Slibowitz", riet die Bäurin.

Bei der Auskunft hellte sich selbst das stets mürrische Gesicht von Brasil auf: „Oh, Slibowitz", seufzte er.

Der Hofbauer nahm Brasil und Sulleman beiseite, als ob sie noch seine Schützlinge wären, und versuchte sie davon zu überzeugen, nicht in die Sowjetunion zurückzukehren, sondern sich um Aufnahme in die USA oder Kanada zu bemühen. Dort gebe es Arbeitsbedarf in Fülle, in Land- und Forstwirtschaft.

Aber das Heimweh brannte zu stark, als dass sie den Rat auch nur überdenken konnten. Sie freuten sich auf den Rücktransport; sehr bald kämen sie an die Reihe. Für den Fall begann man sich schon zu verabschieden. Die Russen versprachen bei allem, was ihnen heilig war, nach der Ankunft von daheim zu schreiben. Michel schwor auf Väterchen Stalin.

Ein Brief oder irgendeine Postsache aus der Sowjetunion ist nie im Dorf angekommen. Man munkelte von bösen Geschicken, die unseren Russen zuteil geworden wären.

Späte Gewissheit brachte die deutsche Übersetzung von „Der Archipel Gulag" des Alexander Solschenizyn 1974. In seinen Lageraufenthalten begegnete der Verfasser auch Landsleuten, die aus deutscher Kriegsgefangenschaft befreit worden waren. Sie alle hätten als Begrüßungsritual unter dem berüchtigten Staatsschutzparagraphen eintreten und ihr Urteil empfangen müssen, als Saboteure, als Deserteure, als Kollaborateure und die ganze Litanei von Straftaten, die das Strafrecht der Sowjetunion für verdächtigte Staatsfeinde bereithielt. Man nahm das Minimum, fünf Jahre Zwangsarbeitslager, noch als einen Akt von Begnadigung hin.

Stalin, so meinte ein Zyniker, ehrte nur tote Helden.

Vom Zursprachekommen des im Kinde Schlummernden

Eine Erinnerung

Das Kind fieberte der Heimkehr des Vaters entgegen. Männer Paderborns, die am Polenfeldzug – pardon: -überfall – teilgenommen – pardon: gekämpft – hatten, richteten sich in ihren Berufen neu ein. Der Feinkosthändler in seinem Laden in der Westernstraße, ein anderer wiedereröffnete seine Agentur für Großhandelsvertretungen an der Warburger Straße. Ein Dritter war über eine Karriere in der NSDAP zum Chef der Gestapo avanciert. Pardon! Dieses Kürzel zu nennen bereitet mir immer noch Pein, weil dem Kinde jener Zeit nicht entging, dass Menschen beim Hören jener Buchstabenverbindung zittrig wurden, sogar Tränen vergossen. Das geschah meiner Mutter bis zu ihrem Lebensende im 93. Jahr.

Als nach dem misslungenen Attentat auf Hitler eine reichsumfassende Säuberung von endsiegzersetzenden Meinungsäußerungen begann, mussten alle Stellen der politischen Polizei liefern. Der nationalsozialistische Terror steigerte sich ins Maßlose. In der Gefängniszelle der Gestapo, die für zwei Inhaftierte eingerichtet war, drängelten sich bis zu 14 Personen. Die Zelle befand sich im Polizeigebäude in der Grube. Die Paderborner duckten sich so gut sie konnten hinter dem Slogan: Lieber an den Endsieg glauben als ohne Kopf rumlaufen.

„Hier ist England, hier ist England", den Feindsender zu hören wurde als wehrkraftzersetzende Handlung geahndet. Das mit drastischen Strafen bewehrte Verbot wäre dem Handelsvertreter von der Warburger Straße beinahe zum bösen Geschick geworden, wenn nicht Freunde eine tollkühne Unternehmung gewagt hätten.

Der mit Hörschäden aus dem Ersten Weltkrieg Entlassene hatte sich zur Gewohnheit werden lassen, das Radio so laut einzustellen, dass Passanten auf der Höhe des Büros anhielten und lauschten. Fühlten sie sich beobachtet, huschten sie vorüber. Die verbotene Quelle sollte korrigieren, was Meldungen des Oberkommandos der Wehrmacht beschönigten: den tatsächlichen Frontverlauf an der Grenze im Osten.

An einem Spätsommertag des Jahres 1944 wollte mich Mutter nach draußen zum Spielen schicken, als es an der Haustür schellte.

„Heil Hitler! Geheime Staatspolizei!" Zwei Männer, der eine in Zivil, der andere in der schwarzen SS-Uniform, stürzten an uns vorbei und verlangten die Herausgabe des Radios. Das wäre damit beschlagnahmt für eine genauere Untersuchung. Die Hausdurchsuchung dauerte an. Die Eindringlinge verschafften sich Zugang zu allen Räumen. Die Dienstmütze diktierte, der Zivilist schrieb auf: „Kein ‚Mein Kampf‘, im Bücherschrank; in keinem Raum ein Führerbild." Der Schreiber murmelte vor sich hin: „Renitente Regimegegner." Meine Schwester versuchte mir das Wort zu übersetzen.

Ich wurde in den Garten entlassen. In meiner Welt hatte die erlebte Verwunderung nicht länger Platz. Das Hantieren mit meinem Dreirad, meinem „Traktor", hielt mich gefangen.

Es war bereits später Nachmittag, als meine Eltern zu den Besuchern ins Auto stiegen. Durch die Scheibe an der Hintertür des Autos winkte mir meine Mutter zu. Wie merkwürdig mir ihr Lächeln erschien! Ihr Gesicht so wächsern, so weltverlassen. Wie eine unechte Freude zum ungewissen Abschied?

Aber ihr Gesicht lächelte doch, sagte eine Stimme, es ist Mutters, deren jüngstes Kind ich doch war. Bis zum Wiedersehen taumelte meine Erinnerung im Unsagbaren und doch so Gewissen.

Unlängst sah ich Mutters Gesicht auf einem Schwarz-Weiß-Foto: Bei längerem Hinsehen bildete sich der Rahmen des Autofensters um das Foto. Trotz des Versuches zu lächeln schaut es mich an wie damals, so leer, wie abwesend, wie der Bedrohung entrückt. Dieses Bild meiner Mutter meldet sich bis heute zur Stelle, wenn ich an sie denke.

Ein Jurist, dem Leben bereits abgewandt, erzählte mir, dass es zu seiner Ausbildung gehörte, einen zum Tode Verurteilten auf den Abschied aus dem Leben vorzubereiten. Als letzten Wunsch äußerte der Unglückliche, man solle ihm einen Spiegel reichen, mit den Worten: „Weil ich meiner Mutter so ähnlich sehe."

Das Kind, das begann, die Drangsale der Mächtigen zu spüren, kannte die Wörter Verlassenheit und Einsamkeit noch nicht, aber eine dunkle Wolke des Bedrohtseins lag auf seinem Gemüt.

So dass der Reiz des Spiels es leicht hatte, mich erneut zu ergreifen. Mit meinem „Traktor" fuhr ich durch die engen Pfade zwischen den Beeten, nahm eine Kurve zu heftig, stürzte und wurde von einem Mann in langem schwarzen Rock, einer Soutane, wie mir bald darauf die geläufige Bezeichnung geschenkt wurde, aufgefangen.

Vikar Schmitz von der Busdorf-Pfarrei hielt die Lenkstange fest und fragte: „Sind deine Eltern nicht zuhause?"

Ich erzählte ihm, was vorgefallen war, und

fügte mit Stolz hinzu: „Mit einem Auto voller Polizisten an der Spitze fuhr die Kolonne davon."

Ein Ruck durchfuhr den Priester. Er blickte flehentlich zum Himmel und rief: „Jetzt kann nur noch Frau S. helfen!" Und stürmte grußlos davon.

Wer aber war jene Frau, von der Hilfe in höchster Not erwartet wurde? Eine Verwandte des Vikars? Eine frühere Pfarrjugendführerin am Busdorf vor der Gleichschaltung aller Jugendbünde unter die einzig erlaubte Staatsjugend HJ und BDM?

Mir gelang es nicht, das Verhältnis von Vikar Schmitz zu dieser geheimnisvollen Frau S. aufzuklären, selbst nicht unter Mithilfe des Diözesan-Archivs.

Dennoch ist daran festzuhalten: Frau S. war in jenen Jahren Sekretärin im Gestapo-Büro in einem Haus am Jahnplatz, und zwar in einer Vertrauensstellung mit Akteneinsicht. Zweifellos erhielt der Vikar aus dieser Quelle Auskunft über den Aktenstand des Inhaftierten. Das totale Verdunkelungsgebot erwies sich als einen Schutzmantel des Himmels, unter dem ihre geheimen Treffen verborgen bleiben konnten.

Die Akte des Feindsenderhörers blähte sich auf, die Zeit drängte, der Vikar litt unter dem Mangel an rettenden Einfällen, bis er schließlich der Frau S. zumutete, ihm Vorlieben und Leidenschaften ihrer Gestapo-Chefs zu nennen, ja, sie höre richtig: Weibergeschichten nicht ausgeschlossen. Er rannte damit eine offene Tür ein: Ohne Gebrauch von Genussmitteln laufe in jenem harten Geschäft gar nichts, der eine schwärme von edlen Lebensmitteln und der andere genehmige sich Cognac, bevor er sich über ein Aktenbündel beuge.

Vikar Schmitz wagte alles. Er kontaktierte den Feinkosthändler und schilderte die Bedrängnis. Und der wusste sofort, was die Uhr geschlagen hatte. Er schickte mit anonymer Post Kostproben aus seinen eisernen Reserven und besaß dazu noch den Mut, sich bei den Beschenkten telefonisch zu erkundigen, ob seine Liebesgaben willkommen gewesen seien.

„Ja, und ob", tobte die antwortende Stimme. „Nur zu wenig! Wenn Sie unsere verantwortungsvolle Arbeit fördern wollen, dann sollten Sie uns nicht mit albernen Winzigkeiten abspeisen!"

„Ich habe verstanden. Ich kann mehr liefern, doch zu meinem Preis." Die Gourmetangel war ausgeworfen.

Mutter blieb über Nacht in Gestapo-Gewahrsam. Am Morgen darauf wurde sie entlassen, der unversorgten Kinder wegen. Ich hörte ihre Schritte, die noch energischer auf das Pflaster trommelten als gewöhnlich. Als sie zur Tür hereinkam, sagte sie nur den einen Satz: „Vater ist verhaftet."

Da kam mir wieder das Wort „verhaftet" entgegen, das Aufregung auslöste und Tränen fließen machte. Ich fühlte so etwas wie wütende Enttäuschung aufsteigen, dass ich erneut von der Verständnisgemeinschaft ausgeschlossen sein sollte.

Ich erzählte meinem Freund Karlchen, der nicht nur ein Jahr älter, sondern auch in die Verhältnisse des Tagesgeschehens eingeweiht war, von meinem Unmut: „Dein Vater ist verhaftet und meiner eingezogen. Beide Wörter machen, dass unsere Väter abends nicht nach Hause kommen."

Der im Kinde herausgeforderte Sprachsinn versuchte dem Unerfahrenen eine Bedeutung anzusinnen.

Obwohl die Kriegsfolgen näher rückten, nahm die Siegespropaganda zu. Eine Militärparade warf ihren Glanz voraus, indem an alle Kinder blutrote Fähnchen mit dem Hakenkreuz in der Mitte verteilt wurden. Ich hatte ein Fähnchen mit dem Nationalsymbol Japans bekommen. Unsere Nachbarin lobte die Schönheit von Weiß mit dem roten Punkt in der Mitte und erging sich in Schmähsätzen gegen die rote Fahne. Ihr Mann stand vor der Haustür und rief in vorwurfsvollem Ton: „Aber Henny!" Ich spürte, dass Spannung herrschte zwischen den lauten Mächten des Staates und einzelnen Mitbürgern.

Der aktive Teil und der passive des Tauschgeschäfts – um das denunzierende Wort „Bestechung" zu vermeiden – vereinbarten ein Treffen nach Eintritt der Dunkelheit in der Kolpingshütte, die westlich von Oberntudorf in einem Waldstück gelegen war. Die Verlockung erwies sich als stark genug. Der Leitwolf der Gestapo-Zentrale rollte vor, trug die Aktentasche in der Hand und betrat die offene Tür zur Hütte. Das Kaminfeuer flammte hell auf, die Kontrahenten nickten einander zu, gesprochen wurde nicht. Sie traten zum Kamin, der Chef nahm die Akte „Ermittlungen zur Anzeige des Feindsenderhörens" aus seiner Aktentasche. Wie in einem vereinbarten Ritual legten sie gemeinsam, jeder Kontrahent mit einer Hand, die Akte ins Feuer. Die Flammen griffen gierig zu, das Papier rollte sich und für einen Augenblick wurden die Buchstaben RU sichtbar, deren spätere Deutung den Feinkosthändler erschüttern sollte: „Rückkehr unerwünscht". Auch beim Hinaustragen der Tauschgüter, Kisten mit erlesenen Lebensmitteln und Getränken, hielten die ungleichen Brüder streng auf Zusammenwirken. Ein Abendessen erfüllte die Hütte mit köstlichen Düften und lockte die beiden zu Tisch. Sie saßen sich gegenüber, die offiziell Verfeindeten. Es oblag dem Hausherrn, die ersten Worte zu sprechen: „Jetzt sitzen wir beide in einem gebrechlichen Boot und hoffen, nicht in stürmische See zu geraten. Wohl bekomm's."

Am Morgen darauf öffnete ein Schließer die Zelle der Gestapo-Gefangenen. Zum ersten Mal rief einer ihn beim Vornamen, den Großhandelsvertreter von der Warburger Straße 28: „Du kannst nach Hause gehen! Mensch Kerl, wie siehst du denn aus, hast du dich im Dschungel verlaufen?" Der Polizist entpuppte sich als Kriegskamerad im Polen-Einsatz.

„Ohne Entlassungspapiere kann mich doch jeder Polizist festnehmen."

„Unwahrscheinlich, mein Lieber. Der Gestapo-Chef hat es selber so angeordnet: ‚Lasst ihn unauffällig gehen!' Für deren Kram sind wir eigentlich nicht zuständig."

Der unverhofft Befreite blieb misstrauisch, bis der ehemalige Kriegskamerad ihn anherrschte: „Nun mach schon, dass du Land gewinnst. Ich habe deine Frau bereits benachrichtigt, damit sie sich nicht vor einem Gespenst erschrecken muss."

Der Befreite kam zunächst schlecht mit seinen Beinen zurecht; der Mangel an Bewegung während der sechswöchigen Haft lähmte ihn. Nicht einmal bei Fliegeralarm wurden die Gestapo-Gefangenen in die Luftschutzbunker geführt.

‚Es geschehen noch Wunder‘, dachte er, als er bemerkte, wie seine Schritte sich beschleunigten. Nach Hause zog's ihn, wie jene Lampe am Fuß dem Verwirrten den Weg wies, wovon der Psalmist spricht.

Meine Mutter schickte mich hinaus, Vater abzuholen. An der Klostermauer kam mir ein fremder Mann entgegen. Ich erkannte ihn an dem braunen Anzug mit den roten Nadelstreifen, den er trug, wie bei seiner Abreise. Er sah starr geradeaus über mich hinweg. Ich bemerkte, dass er mit den Tränen kämpfte.

Ich fasste seine Hand, und die ließ mich nicht mehr los, bis er Mutter umarmte. Mutter und Vater umarmten sich. Es fiel kein Wort. Ein Geschehen, das aus dem Tagesverlauf stürzte. Bis Mutter den Satz sagte: „Hast du schon gefrühstückt?“

Ein so bescheidener Satz brach die Wortlosigkeit, eine Brücke zum erlebbaren Tag.

Das Nachspiel ließ nicht lange auf sich warten. Im Zuge der Entnazifizierungsprozesse erhielt mein Vater eine Aufforderung zur Zeugenaussage, ausgerechnet vom Anwalt des ehemaligen Gestapo-Chefs. Der habe ihn doch aus reiner Humanität und aus Sorge um die drei Kinder gegen Recht und Gesetz aus der Haft entlassen.

Gut Essen und Trinken, so deuchte dem Zeugen, ist zwar nicht inhuman, aber ... Er konnte der Verniedlichung nicht zustimmen, verließ das Verhandlungszimmer und soll die Tür heftig ins Schloss geschmettert haben: „Ich kann doch noch zwei und zwei zusammenzählen!"

Als Vater später seinem Geschäftsfreund und Retter Dank abstatten wollte, lehnte dieser ab: „War doch nur selbstverständlich! So hätte doch jeder in meiner Situation gehandelt. Ging doch gar nicht anders. Kein Wort mehr darüber!"

Dank und Anerkennung allen Mitwirkenden!

Der zentrale Antreiber und Ideentreiber jedoch war: Vikar Bernhard Schmitz. Auf dem Höhepunkt seines Wirkens wurde er nach schwerer Krankheit heimgerufen, am 28. August 1965. Der dem Verstorbenen gewidmete Gedenkzettel fasst seine Lebensintention zusammen:

„Herr JESUS, Du betest für jene, die Dich kreuzigen,
und kreuzigst jene, die Dich lieben."
(Leon Bloy)

Die unvergessliche Bahnfahrt

Ein schriller Pfiff der Lokomotive. Der Personenzug von Paderborn Hauptbahnhof nach Altenbeken fuhr langsam an. Reisende liefen, hasteten mit schwerem Gepäck, sprangen auf Trittbretter der Waggons auf; langsame Mitfahrer wurden von Schreien und Griffen des Bahnhofspersonals zurückgehalten. Waggontüren knallten, Geschimpfe allenthalben.

Ohne Vorwarnung war der Zug Minuten vor der planmäßigen Abfahrzeit aus dem Bahnhof gefahren. Und was konnte schon in jenen Tagen „fahrplanmäßig" heißen? Bomber hatten die Bahnhöfe an der kriegswichtigen West-Ost-Verbindung als Angriffsziele ins Visier genommen. Fast täglich wurden zwischen Hamm und Ottbergen Angriffe gemeldet. Man hatte begonnen, die Züge zum Schutze von Menschen und Frachtgut auf freie Strecke hinauszufahren, wenn ein Angriff drohte.

Mutter und ich waren im Plattformbereich stehen geblieben für die kurze Strecke bis hinter die Egge. Die Abteile waren ohnehin von Mitreisenden überfüllt. Ich suchte mir einen festen Halt neben der Toilettentür. Mir schräg gegenüber stützte sich eine Frau mittleren Alters an die Wagenwand. In der Mitte häuften sich hastig aufgetürmte Gepäckstücke.

„Wo ist mein Finger?", klagte die Frau. Ich bemerkte, wie ihre linke Hand die rechte umklammerte, wo man ihren Zeigefinger hätte vermuten sollen. Blut tropfte zu Boden. Sie war noch auf den fahrenden Zug gesprungen, als eine Bahnpolizistin die Waggontür ins Schloss gedonnert hatte.

„Wo ist mein Finger?", schrie sie nun schreckerfüllt.

„Drücken Sie nur fest", sagte Mutter, „in 35 Minuten kommen wir in Altenbeken an. Dort befindet sich direkt an unserer Ausstiegsseite eine Station des Roten Kreuzes. Dort wird man Ihre Hand verbinden. Drücken Sie nur fest, damit Sie möglichst wenig Blut verlieren! Tieffliegerangriffe sollten wir nicht zu befürchten haben. Die Sicht ist zu schlecht."

„Die Zugreisen bei Tag werden doch immer gefährlicher. Man sollte die Nachtzüge vorziehen", bemerkte jemand.

Das Stichwort „Nachtzug" lockt ein gespenstisches Bild auf die Bühne meines Bewusstseins. Ich bin mir Jahrzehnte hindurch unsicher geblieben, ob ein Traumbild mich beunruhigt oder ob sich eine Erinnerung an eine miterlebte Situation einzustellen pflegt, wenn das Stichwort „Nachtzug" fällt:

Ich sehe oder erinnere mich, wie ich mit Vater am Hauptbahnhof in Paderborn vorübergehe. Die Dämmerung des Spätnachmittags geht in Dunkelheit über. Auf dem Bahnsteig steht ein Zug, vollends unbeleuchtet, silhouettenhaft wahrnehmbar. Selbst die weißen Schriftzüge an Lok und Wagen wie „Räder müssen rollen für den Sieg" scheinen mir grau überstrichen zu sein. Vor die Lokomotive ist ein Flakwagen gespannt, auf dem eine Vierlingsflak montiert ist. Soldaten stehen oder sitzen dabei in Bereitschaft. Auf den vorderen Puffern hockt jeweils ein Soldat im grauen Regenumhang, vom Stahlhelm beschützt und ein Maschinengewehr im Anschlag haltend. Langsam und geräuscharm setzt der Zug nach Osten an, als ob man niemanden aufwecken wollte.

Dieses Bild und der an ihm hängende Zweifel blieben mir erhalten, bis ich nach 70 Jahren anlässlich einer Gedenkveranstaltung zum Kriegsende mit Herrn D. aus Paderborn ins Gespräch kam. Der erzählte mir, dass er als Siebzehnjähriger nach dem Notabitur als Flaksoldat am kleinen Viadukt bei Neuenbeken zum Einsatz gekommen war.

Und da war es wieder präsent, dieses Traumbild von jenem Gespensterzug, und drängte zur

Frage nach dem Realitätsgehalt: „Dann können Sie, Herr D., mir ein Bild in meinem Kopf zurechtrücken", und ich erzählte.

„Ja, das war so", bestätigte mir Herr D. „Als gegen Kriegsende die letzten Züge auf Strecke geschickt wurden. Nur dass man etwas später die Flakwagen hinter den Zug gekoppelt hat, aus zieltechnischen Gründen, wie es hieß. Bewaffnete Soldaten hatten auf der Lok die Strecke nach vorn zu sichern. Wir hatten doch den Feind in unser Land geholt, wenn wir das Millionenheer von Kriegsgefangenen und Zwangsarbeitern in Ansatz bringen. Von denen befürchtete man Sabotageakte, besonders an kriegswichtigen Einrichtungen."

„Wo ist mein Finger?", klagte die blass gewordene Frau in unserem Wagenteil im Zug nach Altenbeken. Mutter unternahm es, die Gepäckstücke zu verrücken und nach dem Finger zu suchen. Ich schaute interessiert zu, aber gleichzeitig graute es mir davor, dass ich des abgequetschten Fingers ansichtig werden könnte. Ich fühlte mich erleichtert, als Mutter ihre Suche einstellte: „Nur einen Augenblick noch, wir sind sofort in Altenbeken."

Behutsam befuhr unser Zug den mehrfach beschädigten Viadukt vor dem Bahnhof Altenbeken, rollte auf dem Gleis ein, an dem die Station des Roten Kreuzes stationiert war, verlangsamte nochmals und glitt an dem ersehnten Ziel vorüber bis weit hinter die Gleisüberdachungen.

Mutter half der geschwächten Frau beim Aussteigen, umfasste ihre Hüften und trug mit der freien Hand den Koffer der Frau. Dann dieser grelle Pfiff der Lokomotive, währenddessen der Zug schon langsam angefahren war. Mutter reagierte blitzschnell, stellte den Koffer ab und überließ die verletzte Frau sich selbst. Sie sprang auf das Trittbrett, kletterte die Stufen empor und schloss die Waggontür hinter sich.

„Gerade noch geschafft", pustete sie aus. Wir hörten die Verletzte noch klagen: „Wer kümmert sich um meinen Koffer?"

Um einem unerwarteten Angriff aus der Luft auszuweichen, fuhr der Zug mit uns in den Rehbergtunnel, bis das Signal zur Weiterfahrt gegeben würde. Wir warteten und die Zeit begann sich zu dehnen, während die Luft stickig wurde und die Lebenslust verminderte. Ich ließ mich an der Waggonwand zu Boden gleiten und dämmerte ein. Im Halbschlaf hörte ich eine Männerstimme räsonieren: „Wenn eine Bombe den Tunneleingang träfe! Nicht auszudenken! Wir überlebten zwar, müssten aber wohl langsam ersticken."

Ich erwachte, als Tageslicht einzusickern begann, wie neugeboren zu einer Welt, die ich schon verlassen zu haben wähnte. An der nächsten Station östlich des Tunnels hatten wir unser Reiseziel nach mehr als zwei Stunden Fahrt erreicht. Wir waren froh und nahmen den langen Weg zu Onkel und Tante unter die Füße, Vaters Elternhaus entgegen.

Unterwegs erzählte mir Mutter, was ihr eine Frau in der Tunnelgruft zugeflüstert hatte. Sie sei auf dem Bahnsteig in Soest von ihren Töchtern getrennt worden. Die Acht- und die Sechsjährige seien ihr voraus in den abfahrbereiten Zug gehüpft, dann das Pfeifsignal von der Lokomotive, das hektische Türenschlagen, die Abfahrt des Zuges. Sie selbst sei durch ihre beiden Koffer gehindert gewesen, zu ihren Kindern zu gelangen. Sie habe sich von den Koffern, die ihre einzig verbliebene Habe nach dem Bombenangriff auf die Stadt enthielten, nicht trennen können. Zur Sicherheit hatte sie ihren Töchtern eingeschärft, in Ottbergen auszusteigen und schnellstens das Bahngelände und die Stadt in Richtung Bosseborn zu verlassen. Nach Verlassen der Stadt sollten sie sich am Wege sichtbar positionieren, Onkel Wilhelm erwarte sie dort mit seiner Pferdekutsche. Sie sei trotz aller Besorgnis zuversichtlich, ihre Kinder bei Gerta und Wilhelm in Bosseborn wohlbehalten wiederzufinden.

Nach Beendigung des Krieges und in der beginnenden Wiederaufbauzeit unternahmen wir regelmäßig Bahnreisen über den Viadukt und durch den Tunnel. Wir mussten nicht mehr den anstrengenden Fußmarsch durch das Tal von Altenbeken bewältigen; die vier eingestürzten Joche der Brücke waren in kürzester Zeit durch ein Stahlgerüst ersetzt worden, das die Gleis-Enden wieder miteinander verband.

Ich erinnere mich, wie wir unsere erste Fahrt über die provisorische Ersatzverbindung wagten. Bekannte hatten uns zu ängstigen versucht, indem sie uns erklärten, dass der Zug beträchtlich ins Schwanken geriete, wenn er seine Last auf das Stahlgerüst drückte. Nach manchem Für und Wider wagten wir es.

Der Zug fuhr sehr behutsam über das Ersatzstück des Viaduktes, weniger noch als Schritttempo. Ich schaute durch die offenen Trassen ins Tal hinunter, lauschte auf das Ächzen und Stöhnen der Eisenverbindungen, war bereit, mit meiner Fantasie nachzuhelfen, aber nichts war auszumachen. Ich versuchte sogar, mich durch Körperbewegungen in die Schwingungen des Zuges einzuwiegen. Vergebens, es tat sich nichts, was der Angstmache entsprochen hätte.

Heute streifen meine Vermutungen die damalige Befindlichkeit: Ich muss so etwas wie Enttäuschung empfunden haben, weil das vorausgesagte Abenteuer ausgeblieben war. Kriegskinder, so mein Resümee, waren an gefahrvolle Ereignisse nicht nur gewöhnt, mussten Entbehrungen ertragen und im schlimmsten Fall auch leiden, nein: Ihr Erlebnissinn hatte sich geradezu darauf eingestellt. Ruhe und eine geregelte Tagesordnung hingegen kamen ihnen wie eine Entleerung der auf Spannung getrimmten Sinne vor. Mir fiel die Umstellung auf schulisches Lernen umso schwerer, je länger die schulfreie Zeit anhielt. Für mich bis in den Spätherbst 1945.

Ein Schicksalswort

Ostern in Rom!
Mit dem Abschiedsgruß verließen im März 1957
drei Abiturienten den Schulort, um daheim Reisevorbereitungen zu treffen. Bis Innsbruck wollten sie auf eigene Faust kommen; ab dort hatten
sie in einem Zug bis Rom ein ermäßigtes Abteil
für Rompilger gebucht.

Obwohl der Krieg schon mehr als 10 Jahre
der Geschichte angehörte, machten deutsche
Auslandsreisende die bittere Erfahrung, dass der
Gebrauch ihrer Sprache nicht nur Missverständ-
nisse hervorrief, im Extremfall sogar Hassäuße-
rungen provozierte. Selbst die ins schwedische
Exil geflüchtete lettisch-deutsche Schriftstellerin
Zenta Maurina beklagte Eiseskälte, wenn sie sich
in der Sprache ihrer deutschen Mutter verständlich zu machen versuchte. Wir erwogen nicht,
ähnlichen Schwierigkeiten im ehemals verbün-
deten/verfeindeten Italien zu begegnen; denn
unser Ziel war der Vatikan, der allen Katholi-
ken ohne Ansehen von Sprache und politischen
Verhältnissen Heimat bot. Es war bereits guter
Brauch, dass zum österlichen Segen Urbi et Orbi
auch die deutschen Pilger in ihrer Sprache vom

Papst begrüßt wurden und sie sich am Jubel aller Mitpilger auf dem Petersplatz erfreuen durften.

Am Treffpunkt Jugendherberge in Innsbruck überfiel uns die überschäumende Erzählweise von Freund Otto. Er hätte kein Geld mehr. Morgen führen wir südwärts und er nordwärts. Er wäre auf seiner Trampfahrt überfallen worden und hätte dabei sein gesamtes Reisegeld eingebüßt. Das kalte Eisen des Revolvers an seiner Stirn hätte die vorzeitige Beendigung seiner Pilgerreise klargemacht.

Otto aber lachte schon wieder, während wir bemüht waren, den Beraubten zu überzeugen, dass sich eine Reisegruppe in der Not zu bewähren habe.

Uns war es gelungen, den Unglücksvogel zu überzeugen, und so befanden wir uns wie geplant am nächsten Morgen in einem Abteil mit der Bestimmung Rom. Wir nahmen nebeneinander Platz. Uns gegenüber saßen zwei Mitreisende. Am Fenster ein Herr mittleren Alters in schwarzem Anzug, der den Glanz der häufigen Nutzung angenommen hatte; die magere Aktentasche, der Tonfall seiner deutschen Sprache, an schweizerischen Dialekt erinnernd, kurz: der ganze Habitus machte klar, ein Jesuit auf Dienstreise zum Vatikan.

Neben diesem geistlichen Brennpunkt hatte eine Frau Platz genommen, 50 Jahre oder etwas darüber schien sie mir alt zu sein. Ihre weinrote kurzärmelige Bluse bildete den einzigen Lichtpunkt an jenem trüben Frühlingstag. Ich saß also der Frau gegenüber, meine beiden Begleiter im Visier des Jesuiten.

Unsere Erwartungen an Rom bewegten unsere Gemüter und die Unterhaltung kam flott in Gang. Der Jesuit belächelte still, welche Vorstellungen im Raum schwebten. Allein der mitreisenden Dame war es anzusehen, dass sie sich unwohl fühlte, je lebhafter unser Gespräch fortschritt. Ich musste wahrnehmen, wie rasch sich ihr Zustand verschlechterte: Ihre Haut rötete sich, häufig wischte sie sich Schweiß von der Stirn, ihr Busen hob und senkte sich in schnellen Stößen. Kurz: ich befürchtete, die Frau wäre dabei zu kollabieren.

Meine Begleiter wurden darauf aufmerksam und fragten den Jesuiten um Rat:

„Haben wir zu laut gesprochen?"

Der Jesuit verneinte.

„Haben wir etwas Beleidigendes geredet?"

Der Jesuit verneinte.

„Sollen wir uns bei der Dame entschuldigen?"

Der Jesuit verneinte.

„Können wir helfen?"

Der Jesuit verneinte.

„Sollen wir nicht doch Frischwasser besorgen?"

Der Jesuit verneinte.

„Können wir etwas tun?"

Der Jesuit verneinte abermals.

Ich ermutigte mich nachzufragen, ob ich einen Arzt im Zug ausfindig machen sollte, und erntete ebenfalls sein Nein.

Unsere Besorgnisse prallten an dem pädagogischen Panzer ab. Indes nahm das Leiden unserer Mitreisenden zu.

„Darauf müsst ihr selbst kommen, ihr deutschen Abiturienten! Euch hat man doch nicht die jüngste Unheilgeschichte eures Landes vorenthalten! Ihr könnt nichts tun, wohl aber etwas unterlassen."

Nach einer Weile der Stille, die sich für uns Deutsche qualvoll dehnte, ließ der Jesuit die Katze endlich aus dem Sack:

„Eure Sprache macht's!"

Die Gepeinigte ließ währenddessen nicht ab, ihren entblößten Unterarm zu zeigen, und Otto, in seinen Reaktionen stets schneller als wir, rief entsetzt: „Das ist eine Auschwitznummer!"

Wir verstummten. Jeder war damit beschäftigt, sich den furchterregenden, ja Vernichtung befehlenden Klang unserer Sprache vorzustellen; wir kamen mit dem Missverhältnis nicht zurecht, dass wir uns an den Schönheiten unserer klassischen Dichter erfreuen durften. Die Frage, ob es Gedichte nach Auschwitz noch geben könne, war uns in unserem Bildungsgang nicht begegnet.

Das deutsche Volk war von einer Kollektivschuld befreit worden, doch kann man unsere Sprache von den unvorstellbaren Bosheiten reinigen? Zuwarten und Vergessen wären kaum akzeptable Lösungen. Schatten auf unseren Seelen ließen unser Unternehmen mehr als fragwürdig erscheinen. Für die restliche Reisezeit blieben wir stumm.

Indes: Unsere Mitreisende in der weinroten Bluse mit der Auschwitznummer am linken Unterarm erholte sich bald. Ihre Herztätigkeit normalisierte sich, Hautrötung und Schweißausbrüche ließen nach.

Einige Stationen vor Rom, unserem Zielbahnhof, verließ die Leidende unser Abteil. Sie schob die Abteiltür hinter sich zu, mit Bedacht, grußlos und von uns abgewandt sich zu entfernen.

Als unsere Gedanken noch vom Bann des Erlebten gefesselt waren, wurde die Abteiltür zur Seite geschoben. Die von dem Gebrauch der deutschen Sprache Geplagte stand auf der Schwelle zum Abteil. Sie schaute uns nacheinander an. Ich spürte, wie ihr Blick auch auf meinem Gesicht verweilte. Und wie ihr Lächeln mich streifte. Sie sprach uns nicht an, sagte nur ein einziges Wort: „Danke." Es klang in der uns vertrauten Tonung unserer deutschen Sprache.

Noch nach 6 Jahrzehnten ist mir gegenwärtig, wie dieses Wort in mir eine Verwunderung ausgelöst hatte.

Dichter sind sich bewusst, dass ein Schlüsselwort, zur rechten Zeit am rechten Ort verlautet, Zugang zur Seele des Hörers findet. (Frei nach Björnstjerne Björnson, Nobelpreis 1903)

Das eine Wort, umflort vom Schweigen der Anwesenden, gebietet den Blick nach innen. Stille! Doch Lebenszeit ist immer und Verstricktsein in Geschichten ebenso. Der Grund-Güte zugetan, jenseits einer verabredeten Welt, der lexikalisch gebotenen Bedeutungen.

„Danke!" Wie ein Wort von jenseits der Sprache. Mich mutete es so an, als ob der Duktus des Wortes uns vom Gewaltmonopol unserer Vätergeneration zu erlösen trachtete.

Wie die in den Todeslagern Gequälte das Wort aussprach, ihre Modifikation des in einer Sprachgemeinschaft vertrauen Wortes, berührte das „Unsagbare", eine Mystifikation des Augenblicks, eine Umwertung wie ein Blitzeinschlag.[*]

---

[*] Anregungen fand ich im Themenheft „Literatur des Unsagbaren und Ungesagten", Walthari 57/2012.

Ein Letztes

Du erschöpfst Dich nicht im Reden,
Du erschlaffst nicht im Handeln,
Du tust etwas
weit Gefährlicheres:
Du setzt Dich aus,
Du schreibst.

Doch deine Seele schmachtet,
weil Worte ihre Gestimmtheit nicht einholen.

Hermann Simon

Hinter den Lippen
Unsagbares wartet
reißt an den Nabelsträngen
der Worte.

Nelly Sachs

In Erinnerung an meinen Reisegefährten Otto
Fink … R.I.P.

Vom Autor ist im selben Verlag erschienen:

Erzähl es trotzdem, Tante Elsie!
Geschichten aus dem alten Paderborn
Gebunden, 94 S., 14.90 €
(Auch als Kindle E-Book erhältlich, 5.49 €)

»Die Hauptakteurin in den Geschichten aus dem alten Paderborn ist historisch. Im Familienkreis wurde sie Tante Elsie genannt, zur Unterscheidung von den anderen Namensträgerinnen der Maria. Ich erinnere Tante Elsie als eine lebendige Erzählerin von Döneken, die auch einen unwilligen Zuhörer zum Lachen anstifteten.«

Tante Elsies Geschichten hat Hermann Simon aus der Erinnerung nacherzählt und zu diesem Buch zusammengetragen.

Erhältlich in jeder Buchhandlung